발레하는 여자 빨래하는 남자

이 도서의 국립중앙도서관 출판예정도서목록(CIP)은 서지정보유통지원시스템 홈페이지(http://seoji.nl.go.kr)와 국가자료종합목록 구축시스템(http://kolis-net.nl.go.kr)에서 이용하실 수 있습니다.
(CIP제어번호 : CIP2019043194)

J.H CLASSIC 038

발레하는 여자 빨래하는 남자

김진열 시집

지혜

시인의 말

소설가가 될 줄 알았는데…
작은 언니는 혼잣말을 했다

어휘가 내 감각의 바늘 끝에 낚이는 순간이 즐거웠다

잘 쓸 수 있겠다는
생각 한 줄기는
빛보다 빨리 지나간다

나는 어느 정도 속도로 달려야 하나

2019년 가을
김진열

차례

1부 달에는 문이 있다

2부 발레하는 여자 빨래하는 남자

3부 남극일기

4부 누에는 수의를 입지 않는다

• 일러두기
  한 연이 첫 번째 행에서 시작될 때는 > 로 표시합니다.

1부

달에는 문이 있다

관

프랑크푸르트공항에서 출발하여 11시간 비행, 인천공항이다
빨랫감과 아내에게 줄 향수 한 병, 자료들로 채워진 무거운 가방

많은 생각들을 가지고 날아갔었다 밤은 침침하고 삭막하고 두
꺼웠다 이번이 열네 번째, 발을 붙일 수 없는 캄캄한 곳에서 희
망은 계속되었다 크지 않은 성과지만 관에서 인정하기에 충분했
다 시간은 남아 있어 옷매무새 가다듬고 주먹을 쥔다 여기는 입
구, 꿈은 밖에서 계속 된다

현관문을 들어서니 아내가 서 있다 천정이 낮고 벽이 코앞이
다 고소한 참기름 냄새 가득한 관이다 깊고 익숙한 분위기가 아
늑하다 어린 시절 방학 때 놀러가서 큰절하면 종이 돈 작게 접어
공책 사라며 쥐어 주시던 큰 아버지께서 관으로 들어가셨다는
아내의 브리핑, 현관은 관으로 들어가는 입구다

출장 가방을 꾸려주는 아내의 뒷모습이 익숙하다 나눌 수 없
어 혼자 느끼고 들어가는 통로는 체온을 벗어난 허공으로 나를
내몬다 여기는 원통형 관이 될 것이고 비행기는 걱정 없이 구름
위로 치달을 것이다

>

　12시간을 날아서 도착할 그곳은 관의 시작, 관의 입구는 또 어
떤 한계를 보여줄까

고양이는 빛보다 빠르게 달린다

허세가 아니다

발이 아닌 생각의 문제

단지 얼마동안 도로 위에 거무튀튀한 얼룩으로 남을

가능성이 있다

무단횡단을 빠르게 계산한다

멀리 보이는 차

요 정도 거리에 이 속도

내가 건너간 뒤 지나갈 것이라는 착오

종種의 구분이 없는 안쓰러운 판타지

성격이 단순하다

>

눈부신 햇빛과

지나치게 이성적인 달빛이 있을 뿐

자신보다 빠른 것이 있다는 것을 모르는, 또는

자신이 세상에서 가장 빠르다고 생각하는

고양이 한 마리

로드킬이 일어나는 횟수

개는 빛보다 느리다

빛은 고양이보다 느리다

회전목마

째깍째깍 벌레가 시간을 갉아 먹는다

자전거 바퀴는 세차게 돌고
숲속으로 빨려드는 시간을
시계 속에 사는 벌레가 먹어 치운다
슬픔은 늘고 아름다움은 줄어든다

호흡 없이 살아 있고
형체가 없는 투명한 벌레
오직 현재만 먹고 배설은 없다

불행은 시간의 보복이다*

미래를 붙들어 두어도
담벼락에 자리 잡은 바람에 피접을 보내도
시계의 눈길을 벗어 날 수 없다

우주의 심장소리를 들으며 맥없이 재생되는 노래

벌떡 일어나 돌아가는 초침 소리

벌레는 시간의 회전목마를 타고 논다

어느 날 보니
내 몸의 절반이 사라졌다
시간의 힘 앞에
나는 허기를 느끼며 떨기 시작했다

* 나폴레옹의 말.

녹차 경로당

동그란 경로당에 모여 있는 노인들

수분은 빠져나가고
잃어버린 인연에 대한 아쉬움도 내려놓고
비비던 손바닥도
뜨거운 물에서 풀어진 반감도
모두 잊었다는 듯
할 일을 끝낸 모습 초연하다

젊은 날은 덖어져서 그윽해지고
패기는 가마솥에서 좌충우돌
향기도 실수도 담담한데

한 시절의 저녁이 고요할 때
미끄러져 들어가는 깊은 꿀잠

애틋한 빈손이 뒤쪽을 본다

꽃을 위해 거름이 될지라도
슬픔은 없다

\>

한 시절 아름다운 이야기는
뜬구름에 스며드는 것을 아니까

제 맛을 우려내고 남은 찻잎들
물에 불린 글자처럼 모여 있다
노인들이 쓴 유서를 읽기 힘들어
입을 오물거린다

물의 날

돌이 와글거리는 백담계곡
그들은 어디에서 왔나

무심한 얼굴에 세상의 수평을 담고
물안개 뽀얀 계곡에
불목하니로 서 있는 돌탑

떠나온 곳의 얼굴을 기억하는 돌들
설악의 맑은 향기가 뼈를 이루고
범종소리에 귀는 밝게 열린다

계곡물 불어나면 힘없이 주저앉아도
돌들은 그만한 일로 울지 않는다

부드러운 물의 날에 깎여
둥근 선종禪宗에 든다

계곡이 안고 있는 영혼들
달 밝은 밤이면 불심에 젖어
기억 저편 가늠하던 인연을 끊고

새벽녘 예불 소리에
별빛 한 아름 안고 탑돌이 한다

물속에서 천년을 갈고 닦는 수행

지금도 어지러운 그림자가 스미고 흐르는데
천 날을 넘긴 탑 쌓기는
겨우 서너 개의 돌만 얹었을 뿐

아직도 물의 날에 베이지 않는다

겨드랑이에 돋는 날개

거리에 나서면 단지 벼랑에
꿈꾸고 노래하던 날개가 있었을 뿐

눅눅한 곳에서 분분히
케라틴을 끌어 모아 밑이 올리는 촉수

가볍고 연약한 깃털에
보이지 않는 내일을 얹으면
허공에 앉아 떠오르는 해를 바라볼 수 있을까

어른이 되었다고 알리는 징표
살 속에 불을 감추고
여린 표정이 뭉쳐서 작은 숲이 되었다
알 수 없는 기대는 커져가고
날아오를지도 모르는 고백을 벽에 숨겼다

물을 주고 털끝을 아끼면서
골목에서 부르는 노래가 하늘로 퍼져나갈 때
하제를 먹고 체중을 줄인다

\>

날개를 절벽으로 밀어버려야 할 시간
수치스러운 음모를 숨기는 것이 어려워
날고 싶은 기도는 벽을 허물고 고백을 꺼내
노래를 부르며 지운다

머금었던 흐느적거림을 뱉어낼 수가 없어
잘라버린 깃털을 봉지에 싸서 들판으로 간다

겨드랑이 털을 자르고 죽은 새가 되던 날
날개는 바람의 무덤 속에 순장되었다

달팽이

집이 없는 나를 생각할 수 없습니다
나사못처럼 돌려서 힘들게 지은 집입니다
저장된 양분들을 모아서 지었지요

우리의 느린 걸음 아시잖이요
여기 저기 헤매던 친구가 찾아왔어요
목마른 날 이슬 한 방울이 간절한 순간에
있는 힘껏 엉덩이를 밀어 올려준 친구였지요
외면하지 못하고
친구에게 내 집을 내어 주었습니다

사고로 갈비뼈를 잃고 헤매던 친구는
내 집에서 쉴 수 있게 되었습니다
내가 가진 튼튼한 근육과 앞발에서 나오는 점액질로 밀어올려
나무 위로 잠시 칼날을 피해 숨었습니다

우정의 깊이만큼
행복이 상처 받지 않도록 가꾸는 일은
우리의 능력 밖일 때가 있지요
새벽이 오는 시간 친구는 사람의 발에 밟히고

나는 민달팽이가 되었습니다

지금 눈앞에 겨울이 오고 있습니다
민달팽이들은 어디로 가야할까요

비진도는 옆구리로 알을 낳는다

오늘 받은 알은
삼백 육십 다섯 개 중의 하나

그 안에서 꼼지락거린다
팔을 흔들고
다리를 걷어차며 산다

꼭 필요한 양분이 될까
쥐었다 펼쳤다 밀쳐두거나
통나무를 잘라 파내고 색을 입힌다

입 꼬리 올리고 살포시
웃음으로 채우면 좋겠다

아무 맛도 없는 흰자 같은 시간
여미지 못한 생각으로 한 곳에 길게 돌이 되어도
소리 하나 내지 않고 그저 매끄럽게 흐른다
조금 떼어 씹어보면
책 일곱 장이 내 속으로 들어오고
밭에는 없던 이랑이 생긴다

\>

밥 세 그릇 먹고 돌아보면 휑한 껍질
속에 든 것은 누가 먹었나
야금야금 즐기며 먹은 여자
홀랑 한 입에 넣고 만족했던 남자

내일도 한 알 낳을 것이다

물을 호흡하다

애잔한 뿌리의 호흡은
고개를 내밀기 전부터 시작되었다

고요하게 양팔을 벌린 밤이
이지러진 달빛을 뽑아 놓는다
기다리던 손님같이 바람 부는 날은
잎이 내쉬는 숨을 받아내야만 한다

눈目이 많아지면 더 많은 물이 필요해
벌거숭이로 춤을 추는 날 솟구치는 녹색의 욕망들은
물을 마신 찬란했던 대가를 치르며
물의 반대쪽으로도 힐끗 고개를 돌린다

한 잎도 아닌 두 잎도 아닌
품안의 노래인양 조심스레 꺼내 놓은 수런거림
때로는 아프고 때로는 웃으며 피어있는 꽃들

예쁘다는 입김이 파놓은 함정에 꽃이 잠기면
애쓰다가 애쓰다가 길지 않은 날숨을 내뱉는다

\>

꽃도 잎도 내쉬기만 하는데 들숨은 누가 쉴까

굵은 발을 내밀고 가는 발도 내밀고
눈에 보일 듯 말 듯 자라는 뿌리

빨아 당기기에 유리한 몸짓은
박수를 보내주는 이 없어
조금만 땅 위로 올라와도
걷는데 방해가 된다며 눈총을 받는다

물을 들이쉬는 타고난 호흡
빛을 발하는 꽃과 잎에게 수분을 보내주는 일이 가련하지 않고
그 단순한 일이 초라하지 않다

물로 호흡하는 뿌리를 보며
한 그루 나무 앞에 서서 나는 깊어진다

주머니 속에 손을 넣을 때

말없이 손을 받아 주는 주머니
그 속에서 무장해제 되는 손
감정이 상한 사람에게 먼저 손을 내밀 때
손은 손을 부른다

밀쳐 둔 앙금을 털어버려도
빈집에 버리고 간 이불처럼 찌꺼기가 남는 날
모래밭 위로 낮달이 우두커니 걸어간다
주머니 속에 손을 넣는다
아무것도 없는 손
덜렁거리기만 하는 손은 갈 곳이 없어 보이고

후회하는 언저리에서 머뭇거리다
그 마음을 들키면
머쓱해진 손은 주머니를 찾는다
그때
두근거리는 심장이 가려진다

건망증이 두려운 것은
그리움이 사라진다는 것

주머니 속은 내밀하다
슬픔을 감춰두기 좋은 곳이다

실수로 시스루

실수가 시스루가 된다 부끄러움은 원단이 다른 세계 이야기, 사소한 실수가 빛나고 싶다는 시스루다 브랜드가 자랑스럽지 않다면 속상한 일, 이른 봄 호랑무늬 시스루는 좋은 예감으로 레드카펫을 밟고, 당당한 시스루의 날개는 투명한 망사처럼 아찔하다

눈을 자극하는 시스루, 코발트 블루의 모르포 나비처럼 여자 연예인이 입으면 만인의 여신이 된다 얇은 시폰 원피스 안으로 보이는 옆구리 하얀 살이 눈부실 때는 플레쉬가 터진다 시스루 원피스를 과신하는 실수는 시스루를 처음 창안한 이브 생 로랑을 믿는 일, 보이는 것과 안 보이는 것의 균형을 잘 잡아야 한다 실수를 반복한 시스루는 짜릿하고 마침내 모습을 바꾸어 저 푸른 신화를 향해 날아가는 날개처럼, 시스루를 닮은 시스터를 낳을지도 모른다

자신을 드러내는 시스루에 도전하지 않는 것은 실수다 몸을 사랑하는 시스루를 사랑하지 않는 것이니까. 실수로 시스루 실수로 시스루 주문을 외우며, 얇은 시어드레스를 입고 마법처럼 연회에 나간다 주술에 걸린 슈만의 나비가 어깨 위에 앉는다

데우스 엑스 마키나*

흙으로 만든 용, 납작 엎드린 사람, 허리를 꺾고 비비는 손바닥, 모두가 절대적인 눈물샘에 기대어 있다

억울한 자를 풀어주고, 관의 곳간을 열어 백성을 구제한다 무덤이 파헤쳐져 드러난 해골을 묻어주는 음악이 하늘을 향해 간다

구름과 비를 일으키는 강이나 바다에서 빌다가 큰 산으로 올라간다 햇빛을 가리는 모자, 부채질 없이 더위를 건너가는 절대자가 돌아본다

수라상에 반찬을 줄이고 야속하게 붉은 노을이 지면 표정이 어둡거나 고개를 끄덕인다

산꼭대기에 장작과 솔가지를 산더미처럼 쌓아 놓는다 여자는 한복 치마를 허리에 동여매고 머리에 솔가지를 인다 남자는 장작을 지게에 져서 힘들게 옮긴다 불을 질러 비구름을 부르는 절절한 부르짖음

키에서 새어 나온 강물을 온몸으로 맞던 신녀, 그 옆에는 함께

동산에 올라 오줌을 누던 여인들

기우제를 생각하는 저녁에 비가 태연하게 막을 내린다

* 데우스 엑스 마키나 : 도무지 해결될 수 없을 것 같은 사건을 초자연적이거나 절대적인
  힘을 통해 급작스럽게 해결하고 결말로 이끌어가는 극작법.

그림자와 싸우기

동행이 운명이듯 싸움은 예견된 일

한 번도 참아주지 않는 맞대응에 욕을 한다
없는 성대로 입술만 달싹이는 그림자

섀도우 복싱을 한다
레프트 스트레이트를 피하는 상상에
혼자서 흔드는 머리채는
사자갈기처럼 나부끼고
이내 그 어떤 것도 다녀가지 않은 오후처럼 허무해지는 몸놀림

모범생이 학교 담장을 넘고
정숙한 여인이 엉뚱한 연애를 꿈꾸며
허공에 주먹질을 한다

무서워서 눈을 감고 등을 돌리면
싸움은 지고 만다
다리가 부러지면서 넘어갔던 성좌는 눈을 씻고 봐도 없다
학교는 개교이래 가드가 눈높이까지 올라가는 일이 없었단다
모서리에 있던 흰 빛의 연애는 기둥을 안고 쓰러졌다

>

끝나지 않은 갈등은 싸움의 꼭짓점이다

아침이다
관객없이 링에 올랐던 지난밤은
슬며시 돌아눕고

뗄 수 없는 그림자 속에 흉터까지 옮겨놓았다
내가 그림자였다

씨앗

볍씨 속에는 광채를 아는 태연함이
천년을 숨 쉬고 있다

어제 저녁나절 골목 귀퉁이에
겨우 내려앉은 민들레 속씨가
익숙한 일인 듯 순하게 엎드리고

멀리서 순비기꽃 작은 열매가 품고 있는 씨앗은
딱딱한 옷 한 벌 갑옷처럼 두르고
바다 쪽으로 향한다

흩어지면 한 줌 흙과도 친하고
참새의 눈물 한 방울에도 뒤척인다
갈증의 숨을 쉬는 우주에 몇 안 되는 창창함이고
지구의 기둥이 된다

다람쥐가 숨겨 뒀다가 잊은 도토리는
어둠 속에 엎드려 산을 송두리째 품는 꿈을 꾼다

가진 것은

특별한 행운을 바라지 않는 그저 유연한 생각 한 자락과
명징한 이름 하나다
컴컴함 속에서도 길은 뚜렷하고
아득함 속에서도 새벽을 그리며
어제와 오늘은 사는 씨앗

지극히 작은 것의 대명사 겨자씨를
손끝에 올려 본 사람은 안다
눈만 있는 그것이 내색은 않지만
자부심은 5미터의 키를 가지고 있다는 것을

씨앗은 증명을 미룬 흰빛의 시간을
생명의 가장 먼 곳으로 채운다

달에는 문이 있다

고개를 들어 하늘을 보는 사람과
일일이 눈을 맞추는 달
별의별 가슴을 다 들여다본다

먼저 떠난 가족을 그리워하며
강가에 앉아 눈시울 붉히는 남자
한 모금 한 모금
소주병이 남자를 마신다
달은 슬그머니 구름 속에 얼굴을 묻고

남의 집 담을 넘는 사람
딱하고도 가여운 처지에
자칫 엉덩이를 받쳐줄 뻔 했던 밤도 있다

아픈 가슴들 쓰다듬어주느라
달의 구두는 뒷굽이 낡았으나
얼굴은 맑고 부드럽다

간밤에 떨어진 별들이
위로 받고 싶어 다리를 끌며 찾아오면

달은 조용히 문을 열었다가 닫는다

빛도 차단하고
시끄러운 소리도 멀게 하는 문
등을 들썩이며 잠든 별은
달의 품에서 편안하게 쉰다

달의 창문이 스르르 열리면
밤하늘에 걸리는 등불
우주의 문이다

2부

발레하는 여자 빨래하는 남자

발레하는 여자 빨래하는 남자

여자의 아버지가 사준 아파트는 평범한 회사원인 남자의 능력
밖으로 넓다 몸 풀기 동작에 고양이자세까지 끝냈다 여자가 쁠
리레를 할 때 세탁기는 삐삐삐 세탁이 끝났음을 알린다 집을 떠
났을 때가 가장 명랑하다는 남자*가 세탁물을 바구니로 옮긴다
거실에서의 동작은 바뀌어 드미 쁠리레로 이어진다 말을 집어넣
고 빨래를 꺼내던 남자, 윽 소리를 내며 놀란다 여자의 하얀 팬
티가 진한 회색으로 변했다

흰 빨래는 희게 해야 한다던 말에, 받았던 상처가 아직 딱지도
떨어지지 않았는데… 얼핏 돌아보니 발끝을 바닥에서 끌어 한
쪽 다리의 무릎을 펴고 밀어내고 있다 바뜨망 탄듀라고 했던가
불현듯 흰 빨래와 검은 빨래의 구분이 잘못되었을 때 여자가 남
자의 가슴팍을 밀어내던 동작을 연상시킨다 큰 숨을 내쉬며 여
자의 가위질에 잘려나갈지도 모르는 색깔이 바뀐 팬티를 쓰다듬
는다

인테리어 업자를 불러서 설치한 거실의 바 위에 다리를 올린
다 입 꼬리를 올려가며 여자의 눈이 노려보는 발끝에 회색 팬티
가 걸리는 상상, 남자의 심장이 빨리 뛴다 세탁실에서 빨래를 꺼
내던 남자가 지켜보고 있음을 눈치 챈 여자의 침묵은 연기다 입

꼬리 더욱 올라가고, 고통은 지그시 누리는 환희로, 뜨겁게 쏟아지는 머릿속 박수를 들으며 백조의 잔걸음이 이어진다 남자는 고개를 돌려 남은 빨래를 꺼낸다 빨래 바구니는 팔을 굵게 만드는 주범이라는 주장을 받아들였다

　남자는 소리 없이 소파에 앉는다 호두까기 인형 음악이 흐르고 눈을 감는다 좀 전에 여자의 티셔츠를 툭툭 털어서 널었던 것은, 화려한 무대 위에서 몸으로 표현한 환상적인 안무였다 일주일 동안 입었던 자신의 팬티 6장을 연거푸 널었던 것은 여자와 보조를 맞춘 발레리노의 턴을 위한 기초였다 그 동작 속에 떠오르는 알라스꽁을 거실에서 꿰면, 몽환적인 스토리는 완성되는가 여자는 빠세 를르베를 연습한 뒤 도도하게 서서 땀을 닦는다

　남자의 시선이 가슴속으로 들어와 행복이 빵처럼 부푼다

* 셰익스피어의 말.

보나파르트*를 위한 변명

도도한 가방을 가슴에 품는 그녀, 일정도, 사람도, 살아가는 지혜까지 딱 들어 온 느낌, 거친 냉기가 걱정되어 숄을 넣으면 가방은 애인이 되고

세상에서 오직 나만을 위한 연인이기에 꼭 인을 수밖에, 사상 아름다웠던 모습을 기억하는 배려, 발색에 목을 매고 비오면 옷 안에 넣고 뛰었어도 언젠가는 헤어질 날은 온다 테제의 머뭇거림은 촌스러울 뿐, 곧 떠나야할 집은 또 다른 만남을 위한 축제

버버리 볼링 백 신상을 들고 참석한 모임, 가방에 꽂히는 시선이 찰나에 스캔을 끝낼 때 웨이터가 빼주는 의자는 우아하다 아베마리아를 부르다가 보나파르트라고 써 놓은 표지를 찢으면 가방은 영웅이 되어줄까

그녀는 날마다 표정과 필요를 정리한다 현관문이 투명한 기계음을 내며 자동 록킹되는 소리, 또각또각 하이힐이 행복을 딛는다 유행은 스르르 가방 속에서 잠들고

---

* 보나파르트 : 베토벤이 나폴레옹에게 헌정하려고 했던 교향곡의 표지. 스스로 황제에 등극했다는 말을 전해 듣고 격분하여 찢어버림. '보나파르트'라는 원래 제목 대신 '한 위대한 인물의 기억을 기념하기 위해서 작곡함'이라고 써 넣었다.

시간을 삼킨 주전자

역에서 평생을 보낸 주전자
볶은 보리 한 줌 넣고 난로에 올린다
찬바람 기세등등한데
머무는 이들의 가슴을 데운다

온몸은 우그러진 채
옛날 한 잔 따르고
허풍이 들어간 구수한 입담에
반짝이던 자랑도 곁들여진다

오래 살아남은 이야기
뚜껑을 들썩일 때 습기가 맺힌다

난로 위에서 늙어 간 몸
사리에 어두운 듯 보이지만
역에서 일어나는 일을 꿰뚫어 본다
뜨거운 김으로 새벽을 켜 놓은 채
제 몸 삭아가는 줄 모르고
보리차를 끓이고 있다

＞

언제 생겼는지도 모르는 바늘구멍
오줌을 지리던 끝에
재활용품 수집함에 버려졌다

옆구리 쥐어 박힌 채 누워 있는 주전지
다음 생을 빌고 있을까

지나가는 바람에 뚜껑이 들썩인다

내비게이션 말씀

내게 의존하여 살아가는 인간들

높은 건물을 지어도 나의 강한 모듈은 정신을 잃지 않지
길을 만들어 가는 체력, 맵은 진리

내가 최고위에 앉은 날 바로 눈에 띈 J
하루 종일 책상 위의 절벽을 걸어왔을 때
쓸쓸하게 서성이는 늙은 남자가 보였지

외롭게 텅 빈 들판에 혼자 서 있었지

늙은이의 말을 무시하고 청사진을 펼친 아들
테헤란로에 자리를 잡았으나
부도로 통신이 두절되고

J의 고입 원서를 쓰는 마지막 날
채권자들이 몰려오고 집이 사라질 위기였지
옥상에서 별과 함께 밤을 지새운 J
소리 죽인 울음이 있었지
날이 새고서야 아버지의 인생은

내비게이션이 없는 외로운 항해였음을 알게 되었지

학교는 가야지
늙은 멘토의 통찰이 없었다면
목적지에 도착할 수 없었을 것

바람이 부는 날도 바른 길을 걸어야 하고
불면의 밤에는 바다로 나서야 하지
문득문득 가슴은
거리의 벼랑에서 그리움에 젖지

차의 시동을 켜고 어딘가로 떠나지 않으면
내가 해 줄 수 있는 것은 없지

입 속에 사는 물고기

뿌리가 모가지만큼 깊어
문이 열려있는 수족관을
벗어나지 못하는 물고기

상어에게 물리기라도 하면
아픔은 심장에 닿고
그제야 가여워 진다

헤엄치는 것을 잊을까 봐
조바심 내어 살펴보면
화려하고 유연한 몸놀림

시킨대로 놀린 것뿐이지만
상처에 쫓기고 원망에게 물리면서
억울한 듯 풀이 죽는다

빠른 눈치는 따를 자가 없고
지느러미 없이도 날렵하다

평생 갇혀 홀로 살아야 하는

물고기 한 마리 서식지를 위해
신은 오래 고민했을 듯

불평과 불편은
꼬리를 동그랗게 말거나 내린
아주 사소한 차이

입안에서 천리를 가는
붉은 근육질의 물고기가
눈도 없이
오래 헤엄치는 하루

화살나무를 읽다

약에 쓰려고 잘라갑니다 용서를…

허리가 잘려나간 화살나무가
삐뚤삐뚤한 글씨를 매달고 화단에 망연히 서 있던 날
모은 돈의 반을 시집에 송금했다

아침이면 건물 사이
박봉처럼 잠깐 비치는 햇빛으로
알뜰하게 키운 화살이었다

화살나무는 화단을 지나는 전기선을
시위처럼 어깨에 걸치는 노동을 해왔다

불식간에 몸이 반 토막이 나고
뜬구름을 잡는 시어머니의 투자는 바닥을 쳤다

어깨가 잘려나가자 전기선도
바닥으로 내동댕이쳐졌다

시위를 끊고 날아간 화살은

정말 화살이 되었을까
누군가의 병을 명중시켰을까

화살을 잃어버린 화살나무가
시위대를 붙잡고 우두커니 서 있다

떠나간 쇠똥구리

몽고의 넓은 초원 칸의 나라
동남풍에 실려 오는 세마치장단
그때
불현듯 그리워지는 쇠똥구리에 관한 이야기

풀 먹은 소의 배설물은
꾸덕꾸덕 도톰한 빵처럼 보인다

그러나 사료 먹는 소는 물똥만 싸다가 죽는다

거부할 수 없는 먹거리에
내장이 줄줄하는 거다

사료 먹고 쏟아놓은 물똥은
경단을 빚을 수 없고
아기를 낳아 기를 수 없으니
이 땅의 쇠똥구리들은
살던 땅을 등지고 바람 따라 떠난 것

다니던 회사는 부도가 나고

자식을 길러야 하는 아비는 머나먼 타국에서
세탁물 가득 들고 물구나무서듯
또 하루를 건너간다

어디선가 흘러나오는 굿거리장단 흰 줄기
멈춰진 걸음
한참을 떠오르다 가라앉는다

초원에 봄이 오고
소는 풀을 먹고 쇠똥구리는 쇠똥을 굴린다

구름의 재즈 스타일은 비요일

물방울의 공명통에서 신비로운 음이 흘러나온다

몽롱한 분위기는 우주의 귀를 열어

몽환의 세계를 어둡게 펼쳐간다

드러날 듯 말 듯 받쳐주는 바람의 선율

빨아들일 듯 가슴을 여는 대지

때로 흐느적거리는 구름의 변주는

무한한 소리가 시간을 초월하는 것

물빛무늬 음표들이 허공에 꽉 차 있다

한 음 한 음 소중한 프리스타일

색소포니스트 뭉게구름의 이마에는 땀이 송골송골

>

블루 음계로 넘실거리는 트럼펫터 양떼구름은 연미복이 다 젖었다

무지갯빛 몽상은 진한 향수를 흡입하는데

지친 마음에 외로움은 사치일까

오늘의 스타일은 비요일에 어울리는 즉흥곡

새털구름의 어깨 위에 앉은 리듬의 무한 판타지

내일의 빗속으로 사라지는 구름의 성대는

저음의 허스키 보이스다

그리고 수세미

허공이 반이다
촘촘히 엮은 것은 단지
섬세한 본성

칸칸을 되짚으며 여문 생각을 품고
둥근 시간 속에 반걸음씩 깊어진다
까만 씨앗이 척척하지 않도록
드문드문 심어놓고
그물을 헤집어
눈부신 습관을 전한다

속으로 품은 것은 굳이 들출 필요가 없는 것

허허바다 돌아온 손에 쥐어진 바늘로
그물을 꿰매는 어부의 마음
수세미는 그 흰빛을 닮았다

발 디딜 곳 없이 공중에 매달린 몸
걸림 없는 사유가 익어간다
짜고 있는 그물에 훗날 무엇이 걸려도

상관없는 태연함은
입다문 초록이 휘어질 때까지
생각하는 일

허공은 그물로 차여 탄탄헤긴다
사는 것이 그물이다

모빙과 흰꼬리수리

킬힐 속에 괴로움을 감추는 피식자
맹금류 위치가 흔들린다

명문 대학 출신에 법정 보호종
최상위 포식자답게
명석한 두뇌
신의 작품인 늘씬한 몸매
이 정도 아름다운 마스크는 개체수가 적다

직장에서 흰꼬리수리는
희한한 모습을 연출한다
새들의 제왕임에도 불구하고 자신의 영역도 지키지 못한다
상관은 상처 많은 까마귀들을 거느리고 세를 과시해
힘을 합한 까마귀들의 교묘한 수법은
흰꼬리수리를 눈치 없는 새로 몰고 간다

불어오는 강바람도 위로가 되지 못한다
의기소침해져 날개를 접는 순간
일어설 기운 없어 영락없이 아픈 새가 된다

>

흰꼬리수리는 자기 잘못이 아니라고 여기며
내일은 까마귀들의 공격에
더 의연하게 행동하리라 마음 먹는다

퇴근 시간
까마귀들이 쪼아대는 소리, 귀에 쟁쟁거린다
보폭을 줄이고 어깨를 펴고
킬힐 소리 힘 있게 또각또각 헤아리며 걷는다

직장에서 멀어질수록
바람을 가르는 날개와 백색 꽁지를 펼치고
맹금류의 위상을 회복한다

가슴속 스프링

그가 태어날 때 받은 혈액은 0.5그램

더는 추켜올릴 수 없는 바지처럼
스프링이 걸리는 관절이 있다
볼펜의 관절은 발목일까 목일까

몇 번 뛰고 멈출건지 예정된 심장
짧은 대롱에 담긴 혈액을 쏟을 때마다
그의 목숨은 짧아진다

날마다 밥벌이를 하러 집을 나서듯
신호를 보내면 튕겨 오르는 마음
오늘도 신은 스프링을 누른다

시작이 매끄럽지 못하면
머리를 사정없이 짓찧는다
동그라미를 어지럽게 또는 좌우로 심하게 그어댄다
혈관은 링거선처럼 마르고 텅 빈다

어쩌다 북받친 감정이 내동댕이쳐

몸과 내장이 해체되기도 한다

스프링 특유의 성격
던진 손으로 돌아오지 않는다
책상 아래 튕겨 들어가 먼지 속에 파묻혀도
죽지 않는 성질

동전 몇 개면 또 생기는 값싼 필기구에도
스프링이 있다
봄이 있다

모르는 사이

파편이 강한 일을 겪거나 꾸밀 때
블라인드 앞에 세운다
벌어진 틈새를 통해
말하는 창과 결심을 굳히는 스피커에 눈을 들이댄다
커튼이 못하는 일을 블라인드는 한다

파도를 가리면 눈을 감는 것
가느다란 끈이 조종하면 차르륵 차르륵 말을 잘 듣지만
틈새를 만들어 다른 짓을 할 수 있다

몸을 돌돌 마는 장사치 속셈과 각진 계산을
일찌감치 알고 있었다
선장의 이름도 생선 이름도 가린 채
물건을 자랑하고 사도록 유혹하는 것에
블라인드 마케팅 딱지를 붙인다

비오는 방향으로 조각조각 이어진 몸
따가운 햇볕을 막아주며 늙어가는 것이 슬며시 불쌍해져
발음도 부드러운 네 글자를 붙여준다

>

가슴 후벼 파는 말을 깃털처럼 날리고
그어진 금을 넘으면
따끔한 회초리 한 대가 약이다
속 시원하게 블라먹다란 멋진 이름이 붙는다

위아래로 통통 뛰어다니는 계단과
스르르 거인처럼 움직이는 에스컬레이트는
블라인드를 친구처럼 느낀다

좌우로 밀고 당기는 미닫이문은 엘리베이터 앞에서
타고난 음색을 숨기지 않고
머리를 긁적이며 슬며시 커튼을 친다

바람의 힘을 빌어
휘날리며 신의 춤을 보내는 둘은
모르는 사이다

눈물은 쾌청

남편은 슬그머니 도시락을 요구했다
공원 벤치에서 하늘을 보며 깍두기 씹는 소리 들린다
실직을 알고 있는 아내의 연무 낀 바다에 물결이 높다

애처로운 기압은 몇 파스칼일까

아들은 소리 없는 전쟁처럼 이력서를 쓴다
고립된 천둥 번개다

저기압을 고기압으로 끌어올리려는 순도 높은 심장
일자리는 내륙 어디에 있을까
해안을 따라가면 나타날까

위장출근과 눈꼬리 처진 폭풍이 집을 나서면
힘겹게 쥐고 있던 끈이 툭 끊어지고
먹구름이 양동이로 장대비와 우뢰비를 쏟는다
시퍼런 울음의 홍수상태를 맞아 핏줄이 불거진다

온전한 기도가 되는 눈물
흘러내리는 서러움을 통째 삼킨다

어깨가 들썩인다

모든 아내는, 어미는
태곳적부터
가슴을 조이는 아픈 숨이 분분粉粉하세 쌓이는데
이 짠한 두 줄기의 배설은 허무한 물거품이다

풍랑경보가 풍랑주의보로 바뀐다
마르기 시작하는 오전 열시에 바람은 다소 강하게 분다

현관문 벌컥 열리고
들고 나갔던 도시락 통을 만선의 깃발처럼 흔들며 취직 소식
을 높게 알린다

볼을 타고 목을 타고 흘러내리는 눈물이 투명하다

시원한 바람을 일으켜 세우는 울음
쾌청한 깃털에 물기 그렁그렁하다

갑각류가 번식하는 거리

등을 딱딱하게 말린 거리에서 서식하는 갑각류

심장을 박동시키는 신호등, 욕망과 능력이 따로 노는 블랙홀
휘청거리는 칼라누스가 도시에 기생한다

껍질이 여물지 않은 수염새우 두 마리
잡은 손을 흔들며 촉각을 곤두세우고 있다
둘 다 붉은 입술, 방금 밥을 먹고 나왔다

짓누르는 구조물에 더듬이가 넘치도록 담겨있는 가로수
비집고 나오며 촉수를 틔우는 거리

갑각류가 먹는 플랑크톤은
각자의 몫으로 번식한다
죽은 바위에 달라붙어 사는 열네 명의 따개비
스포츠를 보러간다 문명의 아이콘은 간단한 공놀이가 아니다
높은 위치를 지긋하게 누린다
산만한 경기에 침묵을 가져오는 순간이 있다

따개비들 환호하고 딱딱한 등껍질들

만약에 대비하여 줄 맞춰 선다 해결사들은 한번 더 무너진다

목소리를 높이는 고등갑각류 잎새우가 가쁜 숨을 몰아쉰다
수는 불어났다, 팔을 치켜 올린다
먼지가 일고 불빛은 희미해진나
타클라마칸과 고비 사막을 건너온 누런 전갈이
개체수가 많아진 것과 상관없이 거리에서 죽는다

갑각류의 모든 마디마디에
분절음 같은 비명의 복수가 끼워져 있다

딱딱한 골격은 파란 피를 머금고 혼자서 때로는
불어난 무리가 되어
외부의 적으로부터 자신을 보호한다
살아내고 즐기고 아우성을 친다
갑골문자가 새겨진 등껍질에 피가 돈다

손수건의 깊이

인간의 몸에 지닌 것 중
가장 단순한 것

저 작고 얇은 것을 몇 번이나 접어
더 작게 만든
그 사각을 펼치면
오래 전에 물들였던 얼룩이 있다

허공에 옛집을 짓고 들어가면
포말을 일으키며 거친 물살 헤쳐 온
아버지가 보인다

수시로 찾아오는 악마의 장난질
혹이 달린 폐는 진한 흑갈색이었다
노을이 유난히 아름다운 날
고통은 잦아들었으나
안녕이라는 인사는 사치였다

마음은 갈 곳을 잃어
떠난 자에 대한 아쉬움은

남은 자가 대신하지 못한다

보고 싶다는 글자
오래전부터 가지고 있던
당신의 손수건에 새겨 있다
가슴을 받아주는
이 작은 천의 깊이

빛바랜 손수건 한 장
주인의 냄새를 품고 있다

3부

남극일기

남극일기

2개월 후 둘째가 태어난다 얼음과 눈이 덮인 빙하, 영하 30도의 회사는 문을 닫았다 손 부장도 박 차장도 극지 탐험을 떠났다 손을 벌릴 유일한 혈육 극락조자리 누나, 지구인이 공유하기로 한 약속을 깨고, 남편의 사업실패로 제7대륙의 공룡 화석을 찾아 이민을 떠났다

판구조론을 벗어나, 8번째 이력서를 낸 곳에서도 썰매의 끈이 끊어졌다 영하 40도에서 돌아오는 길, 술 취한 남자가 놀이 빙산 크레바스에 빠질 때 탐험대원 지갑 속에 눈보라가 몰아친다

욕이 얼어붙어 고드름이 된다 쇄빙선이 멀미를 하고, 폭풍 속에서 회오리치는 친구들의 얼굴이 하늘에서 환청으로 얼어붙는다 기지 도착 전 시계視界의 끝까지 흰색과 청색을 이룬 횡단보도, 잔물결이 만드는 작은 파도소리, 멀리 헤드라이트 불빛, 빙하의 붕괴, 뛰어들고픈 충동

현관에 본부를 차린 아내가 쏘아 붙이기 시작한다 지금 그렇게 헤매고 다닐 때야? 영하 50도까지 떨어진다 새끼 펭귄이 슬그머니 물속으로 숨는다 바다로 나가는 길이 막혀 탈출구가 없다 인형을 끌어안고 쓰러진다 백야다

단추의 가족학

바늘과 실이 다녀간 뒤 위아래가 결정된다
보통은 네다섯 식구
가끔 튀는 옷에 모양이 다를 수 있어도
대부분 같은 얼굴로 한 집에 산다
혈연관계인들 이보다 끈끈할까
숨 들이 마시고 내 쉬는 일상이다

머리를 내밀어 멱살을 잡히고
머리를 빼내어 풀리는

선두에 있는 맏이는
체육시간에 지정하는 기준이다
오른 손을 높이 들고 외치면
둘째 셋째는 수월하게
손을 더듬고 들어갈 곳을 찾는다

하나가 자리를 비운 후에
남아 있는 실오라기를 아무리 만지작거려도
빈자리는 어색하다
까다로운 자리의 민망함은

눈을 굴리며 대신할 무엇을 찾고 또 찾다가
떠나간 셋째를 애타게 그리워한다

혹여 떨어지기 전
한 올의 실에 매달린 헤어짐을 예고했나니
안타까움은 클 수밖에 없다

형제간에도 도리는 중요하다
엉뚱한 곳에 머리를 디밀어서는 안 된다
실수는 되돌려야 하는 외길

전철 안의 아가씨
첫 단추가 둘째 구멍에 채워져 있다
옷이 피사의 사탑처럼 기울어져 있다
도리를 모르는 손이 연출한 작품이다

그래도 다시 제자리를 찾는 가족학
단추는 길을 잃지 않는다

뼛속에 바람의 집을 짓다

날아가기 위해
뼛속에 바람의 집을 지었나
부풀어 오르는
가슴 속 텅 빈 주머니는 몸과 바꾼 날개다

새끼의 비행 실패로
젖은 울음 다시 말리던 어미의 숲
소리마저 까무룩 잦아들었다

산 그림자 내려온 저녁이 무심코 깊어갈 때
심장마저 꺼내놓은 얼굴로 평상에 앉은 어미새
고단함의 발톱은 무엇을 붙잡고 있을까

해마다 손가락 한 마디씩 치마 길이를 줄여야 할 때
당신의 뼛속에는
바람이 집을 짓고 있었다

울음 뒤로 숨은 새끼를 기다리며
안간힘으로 버티던 초라한 안마당
식솔의 마른 목을 축이려고 푸석거린 멍 든 시간

움켜쥔 점자처럼 잠겨있다

그리움은 절뚝이는 다리처럼 무겁고
각질 일어난 입술을 달싹이며 따라오는 산
바람에 걸려서 넘어오지 못한다

지금은 나도 어미가 된 시간
서늘하게 식은 기억은
여전히 터널에서 머뭇거리고 있다

봄과 이별하기

이 봄이
쿨렁이는 여행 가방처럼 덜커덕거렸다

칼로 물 베기를 한 자리가 진통으로 붉다
꽃 피는 아픔을 견디는 것이
고개를 치켜든 봄의 성장통인가

내가 한쪽 눈을 감고 꽃샘추위를 견뎌내지 못하면
네가 나에게 귀 한쪽 열어주지 않으면
방지 턱에 걸려 우리는 이 타점을 넘어 갈 수 없다

네가 피워 올린 아지랑이를 모두 발라내어도
기억은 남아있고 통증을 다 알기는 어렵다
봄비에 깊이 팬 발자국이 문득 아플 때
내려 그은 유리창의 빗금과
봄바람에 날아간 빨래의 행방이 발견될 것이다

봄의 이름을 내려놓고
꽃의 향기를 지우고

>

시간의 발걸음이 빨라지면
사람들은 봄의 허리춤을 잡고 매달린다지
그때
사라진 날이 주루룩 흐른다는 말은 들어서 알고 있다

큰소리를 치던 숨소리에 근육이 약해지고
봄을 누리던 꽃의 꼿꼿하던 목에 나사가 풀린다
머금고 있던 이슬방울조차 무거워진 거다

봄으로 명명한 옥신각신이 엷어진다
겸연쩍은 웃음을 감추고
우리는 마주보며 여행 가방을 다시 꾸린다

인형은 人兄

수없이 만지작거렸던 귓바퀴
지문이 익었다
내 열로 더운 피 흐르고
내 목소리 온전히 녹아들었다

유년 시절 날이 저물면
벽에 걸린 옷과 모자는 허전함을 몰고 왔다
기다림이 절실해지고
껴안은 인형만이 人兄이 되었다

인형은 말할 수 없어
가슴으로 접근한다
내가 작은 소리로 귀에 대고 말하면
불안은 사라지고 人兄이 된다
오래 전부터 오랜 이후까지
표정 없는 얼굴에
조용히 人兄이라 불러본다

손에서 한시도 놓지 못하던 인형
어느 순간 마음을 잃고 만다

\>

가슴에 안았던 인형이 사라지고
좋아하는 사람이 생기면
잡아보고 싶은 객기
올라올 듯 스르르 힘이 빠지는 손가락
거듭 재도전을 선언하며
뽑기에 정성을 쏟는다
한 개가 성공하면
흥분은 꺾여 돌아선다

사방이 유리로 된 나의 작은 방에
人兄이 들어와 앉는다

카트

지금은 바퀴의 시간
동전 하나 물고 불려 나간다
각각의 표정으로 방향을 잡고 필요를 채운다

천성적으로 큰 뱃구레
거절을 몰라
가난한 살림처럼 헐겁게 돌다가
토할 만큼 받아 안는다

얼마나 많은 것을 품었던가
때 묻은 시간에 담아 온 그 많은 것들

아주 잠깐이다
아이스크림 껍질이나 만지작거리며
다시 빈 몸이다
먹었던 동전 도로 토해내면
찰칵 다시 족쇄에 묶인다

뱃속이 유달리 허전한 날은
밀착된 몸 비비적거려본다

앙상한 뼈에 밤의 살갗만 스밀 뿐

간고등어처럼
등을 배로 받아주는 것들은
바람과 어둠으로 염장을 한나

눈 감고도 달릴 수 있는 길을
걷다가 늙어가는 생

카트는 백원 벌어
백원을 토해낸다

커튼은 낯을 가린다

얼굴은 에피소드를 숨기고 있다

태어난 지 100일 지나더니 상대방을 가린다 7개월쯤, 빛을 가리는 메시지가 울어 댄다 낯선 얼굴이 싫을 때는 소음을 차단하고 자외선도 막아야겠지 암막이 제격이지만, 친하지 않은 것들도 슬며시 받아들인다 안면을 가리면 자칫 관계가 막히기도 하고 감정이 시끄러워진다 식초 한 방울 떨어뜨려 헹구는 것은 커튼의 낯가림을 해결하는 방식, 세상이 소란스러워 싱거운 농담을 섞는다

무채색의 표정을 고르고, 거실과 침실의 차별을 즐긴다 담담함과 신분의 경계를 좋아 한다 문득 나를 가리고 싶을 때, 통로를 차단하여 눈을 버리고 싶다 밤이 끝나 사라진 배우들이 박수에 답하며 재등장하는 아침의 커튼 콜

Because I am shy
관객들이 얼굴을 감싸 쥐며 외치는 소리

자막 없는 은막이 사라진다
눈꺼풀이 보이지 않는

바깥을 그리다

땅 속 씨앗이
온몸으로 껍질을 핥고 있다

여리게 떨어지는 작은 온기를
흙이 내쇄도 없이 모은다
코앞까지 따뜻해지기 전에는
눈을 뜨지 말자는 씨앗의 다짐이 들린다

첫 경험이 아니다
몇 번째의 봄일까
바깥으로 나가면 봄이라는 또 하나의 나이테가 그려질 것이다
이렇게 봄은 이어지고 이어진다

날카로운 꽃샘추위는 누가 가르쳐주지 않아도 알고 있다

바깥세상을 하루에도 몇 번씩 상상하는 저 알몸
몸속에 감춰둔 말간 이야기조차
세상은 두렵고 넘어 갈 파도다

바람이 눈 녹은 땅 위를 훑고 지난다

>

땅속 어둠은 날카롭게 깊어 바깥쪽으로 치우치지 않듯
태어나려면 든든한 이 껍질을 뚫어야 한다
줄탁동시는 병아리의 일
귓불을 잡아당기며 누군가 속삭인다
지금이 나갈 때야

걱정 묻은 몸 동그랗게 말고
씨앗은 망설이고 있다
좀 더 있어야 싹이 올라오겠지 들여다보던 사람이
발걸음을 돌린다

돌연변이

처녀를 뜻하는 Virgo
버림받은 애완 가재가
거대한 공룡처럼 눈을 껌뻑인다

큰 뱃구레로
닥치는 대로 먹어 치우는 허기의 무늬가 빽빽하다

서울 종합 병원 7층
생강차 한 잔도, 가벼운 산책도 거절하며
쌕쌕거리는 호흡을 이어가는 엄마
어제보다 더 마른 몸
가파른 작별이 어느 지점을 돌고 있는가

제자 여럿 거느린 흰 가운의 회진
성은聖恩 한 마디를 기다리는 궁녀의 심정
건조한 음성만 남기고 우르르 떠난다

공기 좋은 시골
천정과 벽지가 담배연기에 찌든 방, 아버지는 줄담배를 태우고
담배를 모르는 엄마는

그 연기를 다 마시면서
그리 살아도 되는 줄 알았다

돌연변이는 암컷만 태어나고
혼자서 수정번식이 가능하다
세상을 어지럽히는 우려종
사람의 몸에서 내력에 없던 종양을 만들고
끝내는 거꾸러뜨린다

강가 모래톱에 대리석가재 위세가 당당하다
변이를 일으킨 암세포
죄가 없는 통증은 분노보다 강하다

포장해 간다

윗옷을 벗어 바구니에 담아놓고 나오란다

햇볕을 쪼이는 것만으로도 눈이 부시다

포장이사 아저씨한테 묵은 때를 들킨 것처럼

두 손이 가슴을 가린다

왼팔은 9시 방향 오른 팔은 12시 방향

낯가림하는 유방을 대범하게 다루는 그들

이사하는 날 어쩌다 삐져나온 속옷이

타인의 손 위에서 접혀질 때

놀람과 민망함이 먼지처럼 구르던 기억

위장을 촬영하기 위해 깔때기가 물려지면

＞

빈속에 목줄 매인 강아지 같다

이삿짐센터 직원들이 들이닥치는 일은

속을 들여다보는 내시경

당황과 염려를 송두리째 들킨다

다시 시작해도 언제나 그럴까

검사를 해놓고 보면 살림살이가 얼마나 궁색한지

필요와 불필요 사이의 것들이 너무 많다

버리지 못해 포장해 가는데

문득 나를 포장하고 있는 세상이

웃으며 다가온다

스테인레스를 가공하는 스트레스 공정법

혈압이 올라가고 뾰로통해지는 내식성
변색되고 세균이 증식하면 방어가 필요하다

원시 시대, 동물과 맞닥뜨렸을 때
도망가기나 싸우는 힘이 스트레스에서 나왔는데
같은 인맥 크롬과 니켈을 합해서
빛나게 살아남아 무서움에 대적한다

오스테나이트*는 조력자와 타협을 하며 밥그릇으로 태어난다
끝장을 보는 정면 돌파는 더 단단하고 강력한 페라이트*

하소연을 하는 투덜이 유형은 열 가공으로 강해진다
절대 녹슬어서는 안될 때
아드레날린과 코티졸을 첨가하여 각성시킨다
동공이 확대되고 근육이 긴장될 때
더욱 튼튼한 내부식성 강強이 절실하다
가격이 비싸도 듀플렉스* 가공은 인지교정이 꽃

인도 델리에서 400년 된 스테인레스가 발견되었는데
박테리아를 이겨내어 가능했다

뇌 근육 심장에 혈액을 공급하느라
당장 필요치 않은 위나 장은 운동을 멈춘다
이것도 이겨내기 위한 방편

탄소를 머금고 마모를 견뎌가며 요가를 한다
반신욕을 하고 열에 부대끼며

자신감의 원천으로 살아남아
불안장애 따위는 10년을 보장한다는
배짱에 기대어 살아가 볼 일이다
스트레스 공정법 박사들은
오늘도 스테인레스를 가공하고 있을거다

* 오스테 나이트, 페라이트, 듀플렉스 : 스테인리스 가공 방법.

개구리

수련은 모든 가슴을 열었다

천지사방이 놀이터다

봄밤 수많은 별들이 강물로 쏟아지는 시간 뒷다리기 나오고

아침햇살 올올이 펼쳐질 때 꼬리가 없어졌다

앞서던 개구리

뒤따르던 작은 개구리

사랑의 목마름은 노래가 된다

꽃창포 핀 가장자리

살 오른 줄기에 매달리기를 하며

뒷다리 허벅지를 키운다

\>

수렵의 터에 나타나는 쇠백로

아무도 듣지 못하는 곡예의 아우성이

물살을 찢는다

방금 전 팔딱 뛰던 개구리

없다

나흐트 무지크*

하늘과 땅을 잇는 비가 내리는 날

골목에 파르르 줄 끊어진 기타

추락의 몸짓에도 꿈이 있었을까

떨어지는 빗방울은 울림통 위에 톡톡

밤이 깊어지면 누웠던 몸 일으켜

물의 율동이 어우러진 마이너 합주

통각을 잊기 위한 몸놀림이다

흠뻑 젖은 몸으로 불협화음을 이루고

낮은 곳으로 흘러가는 갈래 갈래의 춤

빗줄기 강해지면 감정은 골이 지고

\>

잦아들면 그리운 음색으로

목울음 짙게 토해내는 세레나데

과격한 선율들이 천천히 힘을 거두고

풀어놓은 밤바람을 듣던 굽은 골목

저만치 무료했던 안마소 간판이 깜빡 인다

아픈 만큼 상처를 노래했고

깊어진 흉터는 공명통이 되었다

* 나흐트 무지크 : 모차르트 세레나데 13번. 아이네 클라이네 나흐트무지크에서 인용.

종잣돈 싹 틔우기

통장 잔고는 달랑거리는데
종잣돈 천만 원이 수직으로 꽂혔다

짠돌이 카페에 가입을 하고
파워블로거도 뒤진다

먹은 마음의 씨가 얼지 않아야 한다
날씨가 추워지면 낙엽을 덮어주고
흐지부지 썩지 않기 위해 재테크 여왕 책을 샀다

수입에 가뭄이 들면 실패하는 호모 이코노미쿠스*
싹을 틔우지 못하는 것은 신용불량자가 되는 일
절실함과 자존감이 무기다

낭비의 유혹을 뿌리쳐
통장에 한 송이 꽃으로 필 수 있어야 한다
가랑비에 옷이 젖는 것처럼 해야 하는 일
벼락치기로 싹을 틔울 수는 없다

살금살금 다가와서 해치려는 벌레는

단단한 껍질이 막아내고
백화점 세일 정보나 친구의 새로 산 부츠 자랑은
꿈을 꾸며 귀를 닫는다

커피를 끊고
세 정거장을 걷는다
버쩍 마른
벗은 몸으로 달려가고 있다

* 경제적 인간이라는 뜻.

커튼은 소리를 달지 않는다

창밖에 어른거리는 눅눅한 햇빛
소리를 두고 떠나는 걸음
어두운 휘파람을 부는 입술
의지할 게 없어 레일을 당겼으나

변화의 소리가 들린다
실패가 두려워 빗장을 이중으로 채웠다
뒤통수를 긁는 일은 피해가고 싶은데
트로이 목마를 선물 받을까봐
자다가도 벌떡 일어난다
깃발의 모형이 바뀌지 않으면
침몰할 수 있는데

새로운 소리가 들린다
빛이 비치는 곳에서 나는 소리
영혼들의 머릿속에서 들리고
동굴 속 거미줄에서는
안쪽으로 향하는 힘을 날카롭게 잉태한다
시간 지난 울음에 눈이 밝아지고
거짓 없는 발자국이 들린다

>

생각은 소리를 이끈다
소리는 생각을 따라 간다

한동안 커튼을 친다
입꼬리를 올린 웃음
눈가에 주름도 가져 온다
볼을 타고 내린 액체가 입술을 적실 때 가슴을 걷는다

눈을 감았는데
반짝 햇살이 드릴처럼 파고든다

4부

누에는 수의를 입지 않는다

누에는 수의를 입지 않는다

심한 잠꼬대를 받아내는 재봉틀, 몽둥이를 휘젓듯 아침이 온다 뱅글뱅글 도는 여섯 평 남짓한 공간이 자신의 유일한 세상인 여자, 수선할 옷을 보며 손가락으로 이만큼 요만큼, 두루루룩 노루발이 지나고, 바늘은 세월을 꿰맨다 옷 먼지와 빛바랜 실타래 위에 내려앉은 시간들이 형광등 불빛 아래 허옇게 머뭇거리다 찾는 사람 뜸해지면 바라보는 두 군데, 실들이 차지하고 있는 벽면과 출입구다 기둥에 기대 뱉어내는 말, 저 실타래들이 누에고치 같아, 내가 당기면 끝없이 실을 뽑아내는

누에고치가 쪼글쪼글 해진다 6평의 방에 들리는 빗소리는 누에가 사각사각 뽕잎을 갉아 먹는 소리다 천정을 보고 누우면 저린 통증이 뼛속을 파고든다 8년을 앓다 떠난 남편, 퀵 배달로 오토바이를 타다가 곁을 떠난 아들, 그들은 몇 잠蠶을 살다 간 것일까 나는 언제쯤 고치에 몸을 가두고 떠날 수 있을까 깨지 않을 잠에 빠져도 일말의 미련도 없을 생, 언젠가는 닫히고 다시는 열리지 않을 잠蠶이다 동그랗게 닫힐 어둠의 집에서 허락된 만큼의 잠蠶을 잘 누에가 자신의 관을 짠다

이어지고 이어지다 힘줄처럼 질겨진 그리움, 솜처럼 젖은 마음이 공원묘지를 걷는다 소복을 입은 누에 한 마리, 내리쬐는 햇볕에 늙어가고, 바람에 말라간다

해부학 교실

우리 조상은 별이다

인류의 뿌리에 관한 연구는
현미 해부학보다 육안 해부학으로 방향을 잡는다

죽은 지 1년쯤 된 별이 침대에 누워 있다
별이 되었다고 말하는 그 애절한 내연內燃

그들이 보낸 주파수가
밤하늘에 빛으로 나타난다
목덜미도 줄기도 그 어디에도 속하지 않는
카데바* 앞에서
해부학 교실은 긴장의 수위가 남실거린다

뇌수에서 발견되는 모성애와 부성애
길을 잃은 사람이 별자리를 보며
아득했던 해답을 찾았다

가슴속의 별마저 잃은 애끓음이
끝내 세상을 등지고서야

깊은 어둠 속에서 허우적거리다 답을 알았다
뼈 없는 빛을 희미하게 보내는 애틋함은
심장에 있음을 발견한다

수업을 마무리하는 노교수의 시론詩論
해부학을 배우지 않고 별을 노래하면
우주에 기형아가 탄생하는 것을 시인이 발견했듯
우리가 그의 자식임을 알아차리는 것에
정답이 있다

강의실을 나서는 해부학자의 뒷모습에
어린 별들이 머리를 숙인다

칠판에 남겨진 문장 하나
해부학은 밤을 녹이는 말이다

* 시체.

쟁기 독수리

오래된 천수답에
뼈만 앙상하게 남은 독수리 한 마리

느린 몸놀림으로
유순한 땅이나 뒤집고 있다
찐득하게 출렁이는 무논
혹서의 중심부에
커다란 부리로 먹잇감을 찾는다

깡마르고 다부진 맹조
여유 있고 충직한 모습이지만
돌부리를 만나면 검붉은 눈물을 토해내야 하고
뚝뚝 떨어지는 땀에는
어쩔 수 없이 눈을 찌푸린다

평생 혼자서는 설 수 없는 맹금류
지루한 표정 우두컨한 자세로
허물어져가는 벽에 기대어
날 때를 기다리고 있는 것일까

>
조련사의 두 팔이
깃털도 없는 날개를 잡아 주는 순간
부리로 땅을 헤집어
화사한 봄을 개간한다

끊임없는 날갯짓으로
가업은 위대하게 이어져 왔으나
이제는 천연 기념물이 되어버린
쟁기 독수리

힘차게 들판을 내달리고 싶은 날개를 접고
식음을 전폐한 채

외래종 독수리의 비상을 지켜보고 있다

은유의 닭찜

쩌낸 닭에 비법의 양념으로 닭찜을 만든다 그럭저럭 다리 하나 뜯으면 족할

잠시도 불 옆을 떠날 수 없다 수도 없이 양념을 끼얹어야 한다 부글부글 끓는 시상詩想은 미간에 광채 나는 주름을 만든다 센불은 샛길로 빠지는 지름길, 불 조절을 못해 팬 바깥으로 높게 포물선을 그리며 튀는 간장처럼, 엉뚱한 곳으로 접어드는 것을 조심해야 한다 상처가 남을 수 있고, 입맛을 돋우는 것과 멀어질 수 있다 혹 뿜어져 나오는 열기에 구겨져 던져지는 종이가 있다 어휘는 느리게 자리를 잡고, 국물은 서서히 졸아든다 조리중 생기는 거품은 사족이다 어느 부분이 내 시의 계륵일까 매의 눈으로 더듬으며, 눈부신 시를 향한다 서툰 새댁이 만든 닭찜과, 주부 9단이 완성한 닭찜의 차이는 크다 닭찜 한 마리로는 약간 부족한 아들한테, 다리부터 뜯어라는 말은 서투른 시구詩句, 읽는 사람의 몫이다

윤기 자르르한 시, 미식가가 엄지 척하는 은유의 닭찜을 소원한다 그러고 보니 양념이 조금 남았을 때 참기름 한 방울로 풍미를 더하는 타이밍을 놓친, 시 한 편을 접시에 담는다 소원이 묵었으니 새댁은 아니고, 승단은 언제 할 수 있을지

외출

비가 내리는 날
송진향 샴푸를 선택한 숲은
풍성한 향기를 내뿜으며 후두둑후두둑 머리를 감는다

솔바람으로 넓은 어깨와 숱이 많은 부분을
흰 구름의 움직임처럼 천천히 빗어 내린다
군데군데 작고 미세한 부분은
가늘고 섬세한 꽃바람을 사용해서
바닥에 있는 풀들까지 가지런히 빗어준다

마른 가지에 가장 돋보이는 색상
봄의 무도회에 어울리는 연두로 염색하고
햇빛으로 반짝 드라이를 한다
소중한 날
한 올도 빠짐없이 윤기 나게 말린다

숲은 초록을 즐겼다
너그럽게 꽃씨들을 돌보고 새들에게는 보금자리를 내주며
푸른 언어들을 쏟아내는 숲
쉴 새 없이 타고 오르는 수액

화장이 진해지더니 마침내 짙푸르게 연출되었다

페인팅이 화려한 옷을 꺼내 입는다
가방에 천둥을 담고 지갑에는 단풍잎 몇 장 챙긴다

숲은 외출 준비로 바쁘다

텃밭에 손톱이 자라고

우주를 느낄 수 있는 갤럭시도

뿌린대로 거둔다는 속담을 무서워 한다
먼지만큼의 차이도 분별이 되는데
나는 무엇을 뿌리며 살아가는 걸까

가끔씩 갈아 엎어야 한다
윤기를 잃고 있다면 에센스로 힘을 돋워 줘야 하고
로타리를 치고 살살 매만진다

잘 자란 손톱은 유능해서
살면서 도움을 받고
이성의 어필은 따를 자가 없다

쥬피터의 풀콧에 흰색과 그레이프를 같이 심고
한 손톱은 은하수를 그린다
엔젤윙의 알갱이로 별을 만들고
스파클링 화이트로 포인트를 준다면
섹시한 발걸음은 자주자주 밭으로 향할 것이다

>

키우는 중에 베이스코트가 벗겨지거나
벌레 구멍만 남을 수도 있고
고라니가 나타나 뿌리만 남는 경우도 있겠지만
자급자족의 애환으로 부른다

변족으로 자란 손톱의 가시가
두 볼에 선을 긋는다
뜻밖의 일은 당황스러운 법
마음속의 앙금이 위장을 할퀸다

두세 평 소갈딱지에
삐죽 올라오는 날카로운 손톱 하나

손톱을 뿌려 손톱을 거둔다

거울을 겨울이라고 부르는 부족

거울처럼 까맣게 반짝이는 이마에 닿았다가
땅으로 떨어지면서
숨을 죽이는 햇빛의 겨울

웅크린 달빛의 그늘은* 이이들 잎에서
코밑에 달린 메주콩만한 사마귀 자랑이 한창

세상 사람들에 비하면 우리는 벌레 같다는 말
깊은 깨달음이라도 얻은 듯
다들 고개를 끄덕인다

사냥에서 돌아오는 아버지들
노을을 거느리고 오던 길은 언제나 아슴푸레하다

고슴도치가 등을 움츠리듯
눈물을 번식시키는 마른 표정
아이들은 집으로 돌아가 말을 더듬었다 ㅓ가 ㅕ가 되었다
마음 한 켠에 음지가 있는 사람들은
거울을 겨울이라 말한다

\>

거울이 없는 부족은
정지된 듯 기다리는 흔적이 옅어
겨울을 발음하지 못한다

거울이 없으면 말을 하지 못해
수 만년 우주를 흐르다 찾아온 별들이
겨울 속에 깨진 혀를 버린다

웅크린 달빛의 그늘
추운 거울을 들여다본다
툭 건드리면 울음이 터질 듯한 얼굴
조각 난 겨울 속에 발음이 서툰 아이들이 산다

* 아프리카 어느 부족은 자신의 생년월일로 이름을 만든다. xxx4년생 : 웅크린, 8월 :
  달빛, 12일 : ~의 그늘.

삼스 알 나하르 공주가 스미는 침대

바람을 지나온 빛이 다음 장으로 넘어가려고
암막 커튼을 끌며 온다
하얗던 날개는 형체가 희미해지고
자욱하게 가라앉는다

밤 속에 밤이 잠긴다

빛을 들락거리며 입은 상처에 손을 댄다
어두웠던 대지는 잠잠해지고
깊은 음색의 허밍이 어울린다
하늘로 솟구치는 벼랑길에 또렷한 점 하나

몸을 잊은 마음의 숨소리를 듣는데
죽은 별이 내걸리고
샤갈의 꿈꾸는 영혼이 나를 초대한다

초록 지붕을 치켜 올리고 서 있는 남자
바람이 서성이는 드레스를 입은 여자
한 팔씩 뻗어 공중에서 유영한다
아련한 성이 보였다 사라지고

그 나무의 미소가 몽환적인 이 시간은 불면과 가깝다

페르시아 왕자는 그 종을 울리는 눈동자로
별똥별 푸르게 놀다가는 풍경을 지금껏 그리고 있다
바다와 신화와 땅의 이야기를 영글게 짜놓은 카펫
아라비안나이트에도
함께하는 바람이 이 밤에 등장하지 않던가

보이지 않는 빛의 날개를 더듬거리며
내 밤은 온전하지 못하다

스틸트*증후군

스틸트 삐에로와 눈이 마주쳤다
알바생이 입꼬리를 올릴 때

쉽사리 이력을 말하지 못하는 젊음, 치열한 시간의 가장자리
를 서성이는 무릎이 아파온다 사람의 아름다움은 규브의 이면을
볼 수 있음이라던 싱싱한 목소리가 가늘게 변한다

덜 아문 생채기는 유쾌하지 않은 기억을 가슴 깊은 곳에 상처
로 숨겨 놓고 옷으로 가린다 투정을 부려 놓을 마땅한 곳이 없
는, 아직은 은둔의 동굴이 필요한 통증의 시간이 변화무쌍하다

내려 쪼이는 햇살도 빨간 장미꽃, 애써 어깨를 펴본다 담담하
게 품고 뚜벅 뚜벅 걸어가면 곧 세상을 호흡하는 리듬이 될 것이
라 믿는 군중 속에서 고요한 난쟁이, 쉼표가 계속되는 짧은 다리
로 세상을 본다 하지 통증이 깊다

스틸트에서 내려오면 따뜻한 침대로 돌아가
허물을 벗고 깊은 잠에 든다

*스틸트 ; 삐에로 키다리 다리.

116

알을 깨다

단단한 알 하나 들여다본다

탈피를 생각하는 충혈된 눈이
감싸고 있는 껍질과 각을 세우면서 치고받는 밤

안개 속에서 조금씩 드러난다
그 딱딱함
반항하는 푸른 핏줄이 터질 듯 부풀어 오른다

잡다한 뼈마디로 갇혀있는
울타리 안의 세상에서
움직이고 혼란을 앓는
머릿속 절벽, 수천의 벼랑들
깨달음이 움직일 때마다 드러내고 벗겨내야 한다

내 속에 없는 것은
나를 괴롭히지 않는다

굳게 박여있는 유서에서 벗어나려는 부화
거듭나려는 투쟁은

외길이다

오로지 스스로 깨달은 것에 기대어
녹진한 허상을 깨는 허우적거림
내 목소리를 귀담아 듣는 알께기다

깨고 보면 작은 생
더 작은 독백일 것이다
이미 벌거벗어 명랑한 것들도 수만 번 깨보았을 일을
새삼 내 장단에 맞춘다

ㅁ은 네모가 아니다

네 개의 꼭짓점은
직선이 구부러진 흔적, 또는 원이 꺾인 통증

네모난 수박과
네모난 비눗방울도 만들 수 있는 공장이지만
직선의 각을 복제하지는 못한다

입시울 쏘리*라는 이름에
찬사를 보낸다
실전 경험이 적은 신병도 조종이 가능한 가공의 병기, 네모
Z 건담은 쌜쭉해진다 해도 어쩔 수 없는 일
입을 크게 벌리고 각지게 우는
ㅁ과는 발산하는 빛이 다르다

네모를 의식하지 못한 채 숨만 쉬며 살아가는
네 개의 모난 부분이
기억조차 네모라고 증명하는 무리를 형성한다

처음부터 끝까지 종횡무진 활약하는 ㅁ
부드럽기가 말로 다 할 수 없다

>

오묘한 ㅁ

360도의 네모

지구와 화성의 거리만큼이나 떨어져있는

둘을 구분하지 못하면

당신은 동그라미가 아니다

* 입씨울쏘리 : 훈민정음에서 소리는 7성으로 나누어진다. 엄쏘리, 혀쏘리, 입씨울쏘
리, 니쏘리, 후음, 반설음, 반치음이 그것이다. ㅁ ㅂ ㅍ ㅃ은 입씨울쏘리에 속한다.

어머니 귓속의 애완 달팽이

비는 내리는데 이제야 아들이 왔습니다

돌아보면 사각사각 좋지 않은 시력으로 신중하게 살아냈습니다 상승하다 추락하기를 반복하는 치설로, 롤러 코스트를 타기도 했지요 처자식 밥그릇에 먹성 좋은 청춘을 걸고서, 색소 분해를 못해 슬프면 울고 좋으면 웃으며 먹은 대로 배설을 했지요

섬세하고 상처 받기 쉬운 어머니의 달팽이
목욕도 시키고 매일 밥도 챙기겠습니다

남자도 변덕이 있고 경계심이 있어요 책임감에 눌려서 밤과 낮을 바꾸어 가며 열심히 살아온 나날, 양 눈을 길게 내민 날은 몇 날 되지 않았지요 지독한 근시라서 천천히 움직였습니다 뒤돌아 볼 겨를 없이 앞만 보고 달려온 길, 단지 신선하고 단맛이 나는 먹이를 좋아할 뿐이었어요

위로 받지 못하는 연체동물, 가련한 생각이 들지만
아버지가 걸어오셨고 저도 걸어 갈 길

새끼가 좋아하는 것은 어머니도 좋아 하시죠? 잊을뻔 했네요

등에 지고 있는 껍질이 약해지면 달걀 껍데기를 갈아서 드릴게
요 풀잎 섞은 흙을 이슬이 앉을 정도로 촉촉하게 만들어 잠자리
도 봐 드릴게요 인생에서 가장 어두운 때, 입을 어머니의 귀에
대고 속삭입니다

　어머니의 애완 달팽이 잘 키워 볼게요

바람을 이고 자는 유목의 별들

저 토실토실한 반짝임
어둠 속 유목에 길들여져 간다
방랑을 사랑하는 뿌리
부는 버릇이 죽으면 죽는 그것에 기대어

순박함이 무늬로 기록된 삶
지루하고 아득한 우주가 초원이었나

널린 길에 무심하게 흐를 뿐
그 한자락 베어 곳곳에 뿌려 두고
허공을 건너는 양떼를 기른다

꽃잎이 지며 시간을 건너듯
산다는 일은 순박한 웃음으로 부딪친다
담담한 가슴에 별이 파고들면
흔적 없는 몸이 무겁다

양떼는 하늘에 새겨진 별들
눈을 감았다 뜨는 이슬은
이제 더 이상 별이 아니다

\>

허공에서 겨울을 난다
내가 안을 수 없는 나를 안고
별들이 꼼지락꼼지락
살이 쪄 간다

원피스와 투피스는 싱글과 더블

얼굴 하얀 찔레꽃
몸매에 자신 있는 그녀 원피스를 즐긴다
걸음걸음 햇살이 빛난다

싱글 침대에서 홀로 눈을 뜬 남자
쿠프 왕이 피라미드를 세우듯
더블 침대를 꿈꾼다

언제까지나 마법 같은 미모를 꿈꾸는 그녀
시간을 비껴가지는 못해
예쁜 골반 뼈 약간씩 기운다
오랜만에 만난 사람이 무심코 뱉은 말이
혼자 부풀어 가시처럼 걸려
맞선 보는 날 허리선이 무딘 투피스를 입는다

새 옷을 맞춰 입은 남자
중천금과 좁쌀의 기울기를 맞추며
어깨 각을 세우고 앉는다
점잔 빼며 다문 입이
감출 수 없는 행운으로 싱글거리고

허리 라인 눈부신 투피스가 눈에 가득 차는데

뿌듯한 피라미드를 여왕께 바친다
비밀번호까지 알려주며 연애는 건너뛰고
함께 더블 침대를 고른다
자신 없어 입은 투피스에도
황홀하다는 남자에게 여자는 인생을 건다

꿈 약속 소곤거림
긴 여행이 시작되고
같은 번호로 현관문을 연다

구강 건조증

까끌까끌한 눈과 텁텁한 입은 한 통속
끝없이 목말라하며 자꾸만 마르는 동굴

귀밑과 턱밑에서 스며드는 샘
혀 밑으로 파고드는 물
매끄러움을 자랑하던
한때는 명랑한 저수지의 근원이었다

반짝이는 풍광은 계절을 타지만
타고난 붉은색을 벗어나는 일은 드물다

찰랑이는 물살에 물고기가 뛰놀고
바람에 물비늘을 일으켰다
믿음직한 둑은 가지런히 웃을 때 더욱 빛난다

호락하지 않은 삶에 복병이다
불쑥 찾아오는 가뭄
엄마가 그랬는데 나도 그럴 땐 더욱 야속해
등을 움츠리며 몸놀림이 **뻑뻑**해진다
낮춘 자세로 점점 등가죽에 붙는다

\>

기본 36.5도에 내리 꽂히는 빛
화끈거리는 적조현상
고단한 수면이 윤슬을 거둬들이고
작은 나뭇가지도
힘을 잃은 기도로 마른 날이 계속된다

물꼬의 숨소리마저 가늘어진다
꿈속에서 물안개를 보는 나날
눕고 싶지 않은 간절함이 꿈에서 깨어나면
마른 물고기가 어렵게 몸을 뒤척인다
하늘까지 서걱댄다

견고한 지성과 따뜻한 서정의 결

유성호 문학평론가 · 한양대학교 국문과 교수

견고한 지성과 따뜻한 서정의 결

유성호 문학평론가 · 한양대학교 국문과 교수

1.

　김진열 시인의 첫 시집 『발레하는 여자 빨래하는 남자』(지혜, 2019)는, 시인의 깊은 인생론적 사유와 진중하고 구체적인 감각이 밀도 있게 담긴 상징적 기록이다. 견고한 지적 통찰과 활달한 언어적 의장意匠이 결합하면서 김진열의 시는 읽는 이들의 감성과 경험을 강렬하게 휩싸는 한편, 현실과 꿈 사이를 오가면서 상상력의 한 극점을 동시에 보여준다. 따라서 김진열의 시를 따라가는 일은, 현실이나 꿈 어느 한쪽으로 치우치지 않고 인간의 감각과 사유를 복합적으로 경험하는 일일 수밖에 없다. 그의 시는 우리의 가파른 현실을 순간적으로 드러내면서도, 그것을 견디고 넘어설 수 있는 세계를 마련하여 현실과 꿈의 접점을 풍요롭게 드러내고 있기 때문이다. 우리는 그 접점이야말로 삶에 편재遍在해 있는 불모와 폐허의 기운을 치유하고 새로운 세계로 나아가게끔 하는 필연적 힘이 되어준다고 말할 수 있다. 결국 김진열 시집의 이러한 성취는 현실과 꿈의 교차 과정을 통해, 활달한 상상력을 통해, 무엇보다도 자신의 존재를 가능케 해준 복합적인 실존적 조건들에 대해 따뜻하게 탐구해가는 근원적 태도를 통해 나타나고 있다 할 것이다. 이제 그 견고한 지성과 따뜻한 서정의 결이 결속하고 있는 세계로 한번 들어가 보도록 하자.

2.

김진열의 첫 시집에는 자신만의 남다른 지성적 축조 과정이 빽빽하게 들어차 있다. 그는 삶과 죽음의 경계를 사유하면서, 우리의 삶이 이러한 나선형적이고 불가측한 힘으로 감싸여 있음을 증언한다. 실존적인 존재 확인의 순간을 겨냥하면서도 삶의 궁극적 형식에 대한 관심을 집중적으로 형상화해간다. 그렇게 시인은 주체와 세계가 분리되어 있지 않고 통합된 국면을 꾀하려는 서정의 원리를 충족하면서, 사물이나 현상을 통한 존재 확인과 궁극적 가치 지향을 노래하고 있다. 이를 통해 우리는 우리를 둘러싼 세계와 그것을 이해하고 수용하는 주체를 연속성 속에서 인지하게 되며, 그때 비로소 우리가 잃어버린 세계를 응시하고 묘사하는 시인의 시선을 만나게 된다. 먼저 다음 작품을 읽어보자.

프랑크푸르트공항에서 출발하여 11시간 비행, 인천공항이다
빨랫감과 아내에게 줄 향수 한 병, 자료들로 채워진 무거운 가방

많은 생각들을 가지고 날아갔었다 밖은 침침하고 삭막하고 두

꺼웠다 이번이 열네 번째, 발을 붙일 수 없는 캄캄한 곳에서 희망은 계속되었다 크지 않은 성과지만 관에서 인정하기에 충분했다 시간은 남아 있어 옷매무새 가다듬고 주먹을 쥔다 여기는 입구, 꿈은 밖에서 계속 된다

현관문을 들어서니 아내가 서 있다 천정이 낮고 벽이 코앞이다 고소한 참기름 냄새 가득한 관이다 깊고 익숙한 분위기가 아늑하다 어린 시절 방학 때 놀러가서 큰절하면 종이돈 작게 접어 공책 사라며 쥐어주시던 큰아버지께서 관으로 들어가셨나는 아내의 브리핑, 현관은 관으로 들어가는 입구다

출장 가방을 꾸려주는 아내의 뒷모습이 익숙하다 나눌 수 없어 혼자 느끼고 들어가는 통로는 체온을 벗어난 허공으로 나를 내몬다 여기는 원통형 관이 될 것이고 비행기는 걱정 없이 구름 위로 치달을 것이다

12시간을 날아서 도착할 그곳은 관의 시작, 관의 입구는 또 어떤 한계를 보여줄까
　　— 「관」 전문

첫 연에 '프랑크푸르트공항'에서 출발하여 '인천공항'에 도착한 화자가 등장한다. 그의 무거운 가방에는 빨랫감과 아내에게 줄 향수, 그리고 업무 관련 자료들이 들어 있다. 이때 '무거운 가방'은 그 자체로 화자가 들고 온 물리적인 실체이겠지만, '11시

간'이라는 또다른 물리적 조건과 함께 삶의 무게를 고스란히 은유하고 있다. 비록 많은 생각들을 가지고 날아간 그곳이 침침하고 삭막하고 두꺼웠을지라도 화자는 캄캄한 곳에서 희망을 이어가고 또 그 나름의 성과도 거두었을 것이다. 이를 두고 화자는 "관에서 인정하기에 충분했다"고 말한다. 이때 '관'이란 자연스럽게 '관官'을 환기한다. 말하자면 화자는 '관'의 요청에 따라 밖에서 지속적으로 꿈을 일구어간 셈이다. 그런데 귀가하여 아내를 만나고 집의 천정과 벽을 바라볼 때 화자는 문득 깊고 익숙하고 아늑한 분위기의 '관棺'을 순간적으로 연상한다. 우리에게도 "동그랗게 닫힐 어둠의 집에서 허락된 만큼의 잠蠶을 잘 누에가 자신의 관을 짠"(「누에는 수의를 입지 않는다」) 순간들이 보이는 듯하지 않는가. 아닌 게 아니라 어린 시절 방학 때 놀러가서 뵈었던 큰아버지께서 돌아가셨다고 아내가 알려주었을 때 화자는 이내 "현관은 관으로 들어가는 입구"라는 생각으로 옮겨간다. 출장 가방을 꾸려주는 아내의 뒷모습을 바라보면서도 "혼자 느끼고 들어가는 통로"야말로 자신을 허공으로 내모는 원통형 '관管/棺'이 아닐까 예감한다. 그래서 그는 "관의 시작, 관의 입구"라는 한계 속에서 익숙하게 하늘을 날고 성과를 내고 귀가하는 자신의 삶을 깊이 '관觀'할 수 있었던 것이다. 이때 그의 시공간은 "보이는 것과 안 보이는 것의 균형"(「실수로 시스루」)을 통해 밝음과 어둠함을 동시에 아늑하고 아득하게 지닌, 삶과 죽음의 경계에 선, 삶의 현장으로서의 '관官/管/棺'이 되는 것이다. 다음은 어떠한가.

우리 조상은 별이다

인류의 뿌리에 관한 연구는
현미 해부학보다 육안 해부학으로 방향을 잡는다

죽은 지 1년쯤 된 별이 침대에 누워 있다
별이 되었다고 말하는 그 애절한 내연內燃

그들이 보낸 주파수가
밤하늘에 빛으로 나타난다
목덜미도 줄기도 그 어디에도 속하지 않는
카데바 앞에서
해부학 교실은 긴장의 수위가 남실거린다

뇌수에서 발견되는 모성애와 부성애
길을 잃은 사람이 별자리를 보며
아득했던 해답을 찾았다

가슴속의 별마저 잃은 애끓음이
끝내 세상을 등지고서야
깊은 어둠 속에서 허우적거리다 답을 알았다
뼈 없는 빛을 희미하게 보내는 애틋함은
심장에 있음을 발견한다

수업을 마무리하는 노교수의 시론詩論

해부학을 배우지 않고 별을 노래하면

우주에 기형아가 탄생하는 것을 시인이 발견했듯

우리가 그의 자식임을 알아차리는 것에

정답이 있다

강의실을 나서는 해부학자의 뒷모습에

어린 별들이 머리를 숙인다

칠판에 남겨진 문장 하나

해부학은 밤을 녹이는 말이다

　　―「해부학 교실」전문

　'별'을 조상으로 둔 존재자들('우리')이 해부학 교실에서 경험하는 삶과 죽음의 경계가 인상적으로 그려져 있는 시편이다. 죽은 지 1년쯤 된 '별'의 "애절한 내연內燃"을 바라보면서 우리는 그들의 주파수가 밤하늘 '별빛'임을 알게 된다. 긴장감 넘치는 '해부학 교실'에서 우리는 길을 잃은 사람이 별자리를 보며 아득한 해답을 찾듯이, 세상을 등지고 생겨난 깊은 어둠 속에서 어떤 답을 찾아간다. 심장에서 보내는 "뼈 없는 빛"의 애틋함을 안고서, "노교수의 시론詩論"을 통해, 그가 마지막 남긴 "해부학은 밤을 녹이는 말이다"라는 문장 하나를 각인한다. 사실 '해부解剖'는 해체와 재구성의 과정을 은유하지 않는가. 김진열 시인은 "어둠 속 유목에 길들여져"(「바람을 이고 자는 유목의 별들」) 있는 별들을 지상으로 끌어내려 그 안에서 "머릿속 절벽, 수천의 벼랑들"(「알을 깨다」)을 경험하면서 삶의 새로운 해체와 재구성 과정을 구축해가는 것이다. 이 모든 것이 주체와 세계를 분리하지 않고 통합된 국면을 꾀해가려는 그만의 서정적 지향이 반영된 결실일 것이다.

이처럼 김진열 시인의 시선에는 뭇 사물에서 발견하는 통합적 가치들이 담겨 있다. 그의 시선은 삶과 죽음을 일원화하여 바라보고, 해부의 양면성을 깊이 반영해간다. 이를 통해 시인은 사물들이 낱낱으로 고립되어 있지 않고 한결같이 어떤 관계망 안에서 자신들의 실존을 드러낸다는 점을 발견한다. 그의 시가 우리가 겪고 있는 불모성을 치유하고 새로운 소통 가능성을 꿈꾸게끔 해주는 것 역시 이러한 복합적인 지성과 서정의 가능성 때문일 것이다. 주체와 사물이 호혜적으로 공존하는 이치를 통해 시인은 자신의 삶 속에서 일어나는 존재 확인의 순간을 환하게 보여준다. 이러한 속성이 김진열 시학의 출발점을 이루고 있는 것으로 보아, 우리는 그의 지성과 서정에 깊은 신뢰를 보낼 수 있을 것이다.

3.

또한 우리는 김진열의 첫 시집을 통해 시간의 깊은 심연을 성찰하려는 그의 의지를 적극 발견하게 된다. 아닌 게 아니라 그에게 '시간'은 매우 중요한 시적 대상이 된다. 사실 시간은 시적 대상이기에 앞서 시의 배경으로 머물러 있으면서 시를 감싸는 조

건으로 기능할 때가 많다. 하지만 김진열 시인은 시간의 흐름을
통해 삶의 '다른 목소리the other voice'를 듣고, 나아가 자신만의
존재 전환을 상상하고 실천하려고 한다. 그 이색적인 목소리를
통해 존재 확인과 성찰의 이중 작업을 수행하고 있는 것이다. 그
가 꿈꾸고 복원하는 '시간'은 순결했던 지난날을 회억回憶하는
차원에 머무르지 않고, 근원적 형상을 취하면서 시간 자체에 대
해 해석해가려는 지향을 포괄하는 데까지 이른다. 그렇게 시인
은 시간에 대한 새로운 이해와 해석을 균질적으로 보여주면서,
분절적으로 이해되어온 근대적 시간에 대해 미적으로 비판하면
서, 새로운 차원의 시간관觀을 열어가는 것이다. 이 또한 아득하
고 깊은 세계이다.

　　째깍째깍 벌레가 시간을 갉아 먹는다

　　자전거 바퀴는 세차게 돌고
　　숲속으로 빨려드는 시간을
　　시계 속에 사는 벌레가 먹어 치운다
　　슬픔은 늘고 아름다움은 줄어든다

　　호흡 없이 살아 있고
　　형체가 없는 투명한 벌레
　　오직 현재만 먹고 배설은 없다

　　불행은 시간의 보복이다*

미래를 붙들어 두어도
담벼락에 자리 잡은 바람에 피접을 보내도
시계의 눈길을 벗어 날 수 없다

우주의 심장소리를 들으며 맥없이 재생되는 노래

벌떡 일어나 돌아가는 초침 소리
벌레는 시간의 회전목마를 타고 논다

어느 날 보니
내 몸의 절반이 사라졌다
시간의 힘 앞에
나는 허기를 느끼며 떨기 시작했다
　　—「회전목마」 전문

　시계 안에 사는 벌레는 숲속으로 빨려드는 시간을 먹어치우
고, 그 시간을 따라 존재의 슬픔은 늘어나고 아름다움은 줄어든
다. 이러한 '슬픔'과 '아름다움'의 비대칭 과정은 그 자체로 적나
라한 삶의 모습이거니와, 호흡도 형체도 없는 그 "투명한 벌레"
는 현재를 먹어치우는 우리 삶의 모습을 선명하게 은유하고 있
다. 우리에게 성큼성큼 불가항력으로 다가오는 '불행'은 결국 시
간이 우리에게 가하는 보복이 아닌가. 그러니 설사 미래를 붙든
다 해도 우리는 시간의 가혹한 흐름에서 벗어날 수 없다. 그렇

게 시인은 우주의 심장소리와 "시간의 회전목마"를 경험하면서 시간의 힘 앞에 허기를 느끼는 자신을 들여다보게 된다. 여기서 "시간의 회전목마"는 시간의 순환성과 무표정 그리고 끝내는 허기를 동반하며 소멸해가는 삶의 기율과 등가의 관계에 놓인다. 나폴레옹이 했다고 하여 더 유명해진 "불행은 시간의 보복"이라는 말 또한 우리에게 시간이 가진 절대권력을 실감케 해주지 않는가. 그것은 마치 서정시가 "오래 살아남은 이야기"(「시간을 삼킨 주전자」)를 통해 "무한한 소리가 시간을 초월"(「구름의 재즈 스타일은 비요일」)할 수 있다는 믿음을 상상적으로 이루려는 꿈을 가지고 있음을 환기한다. 하지만 그것은 불가능하고 또한 불가피한 꿈일 것이다.

동그란 경로당에 모여 있는 노인들

수분은 빠져나가고
잃어버린 인연에 대한 아쉬움도 내려놓고
비비던 손바닥도
뜨거운 물에서 풀어진 반감도
모두 잊었다는 듯
할 일을 끝낸 모습 초연하다

젊은 날은 덮어져서 그윽해지고
패기는 가마솥에서 좌충우돌
향기도 실수도 담담한데

한 시절의 저녁이 고요할 때
미끄러져 들어가는 깊은 꿀잠

애틋한 빈손이 뒤쪽을 본다

꽃을 위해 거름이 될지라도
슬픔은 없다

한 시절 아름다운 이야기는
뜬구름에 스며드는 것을 아니까

제 맛을 우려내고 남은 찻잎들
물에 불린 글자처럼 모여 있다
노인들이 쓴 유서를 읽기 힘들어
입을 오물거린다
— 「녹차 경로당」 전문

　　이번에 시인은 경로당에 모인 노인들을 통해 시간의 속성을
관찰한다. 시간은 모든 존재자들에게서 수분을 빠져나가게 하
고 "잃어버린 인연에 대한 아쉬움"에서도 초연하게끔 해준다.
그윽해진 젊은 날을 뒤로 한, 향기도 실수도 담담한 시절이 아
닐 수 없다. 고요한 저녁에 노인들은 "미끄러져 들어가는 깊은
꿀잠"을 누리고 "애틋한 빈손"으로 돌아선다. "꽃을 위해 거름

이 될지라도" 지난날처럼 밀려오는 슬픔은 없다. 그렇게 "한 시절 아름다운 이야기"를 보내고, 노인들은 "제 맛을 우려내고 남은 찻잎"이 되어 "물에 불린 글자처럼" 자신들의 언어와 표정과 몸짓을 남길 뿐이다. 그래서 '녹차 경로당'이라는 비유가 나온 것이다. 이렇게 '경로당'이라는 물리적 공간은 자연스럽게 "툭 건드리면 울음이 터질 듯한 얼굴"(「거울을 거울이라고 부르는 부족」)들을 간직한 채, "가장 아름다웠던 모습을 기억하는"(「보나파르트를 위한 변명」) 시간의 느린 흐름을 아득하게 품고 있는 것이다.

이처럼 김진열 시인이 노래하는 소멸 지향의 시간적 상상력은, 서정시가 궁극적으로 노래하는 권역의 한 전형을 보여준다. 그것은 시간이야말로 유일무이한 절대권력임을 증언하는 과정에서 드러나는데, 시인은 과거와 현재와 미래를 하나로 통합한 이른바 '충만한 현재형'으로서의 강렬하고 집중된 시간의 형식을 구체적으로 노래해간다. 그래서 시인이 바라보는 시적 순간은, 회전목마의 순환적 시간처럼, 경로당의 침잠의 시간처럼, 오랜 시간이 축적되어 비로소 현상하게 된다. 시인은 바로 그 순간의 형식을 통해 '충만한 현재형'이라는 서정시의 시간을 한껏 보여주고 있는 셈이다.

4.

그런가 하면 김진열은 어떤 소망이 좌절되고 나타나는 근원적인 인간 조건의 한계랄까 하는 것들을 온몸으로 받아들이는 시인이다. 그럼으로써 그는 자기 자신의 불가피한 실존으로 귀환하는데, 이러한 자기 회귀성은 사물에 대한 비극적 의미 부여와 함께 그것을 자신의 삶의 국면과 등가적 원리로 결합하려는 은유적 속성을 구현한다. 사물의 고유성을 박탈하는 시간의 가혹한 흐름에 맞서 시인의 상상력은 그러한 비극성을 주체의 자기 표현에 원용해가는 은유적 인식을 여러 면에서 보여준다. 또한 그것은 사물과 주체의 긴밀한 조응 과정을 보여주는 '시적인 것'의 원리가 되어준다. 궁극적으로 서정시의 자기 회귀성이라는 것이 용인된다면, 주체의 시선으로 사물의 비극성을 발견하고 그 응시의 힘으로 자신의 삶의 자세를 다시 성찰하는 이러한 은유적 원리는 결코 포기되지 않을 것이다. 또한 그 응시의 힘으로 다시 사물에게 생명을 불어넣는 김진열 시인의 상상력 역시 위축되지 않을 것이다.

오래된 천수답에
뼈만 앙상하게 남은 독수리 한 마리

느린 몸놀림으로
유순한 땅이나 뒤집고 있다
찐득하게 출렁이는 무논
흑서의 중심부에
커다란 부리로 먹잇감을 찾는다

깡마르고 다부진 맹조

여유 있고 충직한 모습이지만
돌부리를 만나면 검붉은 눈물을 토해내야 하고
뚝뚝 떨어지는 땀에는
어쩔 수 없이 눈을 찌푸린다

평생 혼자서는 설 수 없는 맹금류
지루한 표정 우두컨한 자세로
허물어져가는 벽에 기대어
날 때를 기다리고 있는 것일까

조련사의 두 팔이
깃털도 없는 날개를 잡아 주는 순간
부리로 땅을 헤집어
화사한 봄을 개간한다

끊임없는 날갯짓으로
가업은 위대하게 이어져 왔으나
이제는 천연기념물이 되어버린
쟁기 독수리

힘차게 들판을 내달리고 싶은 날개를 접고
식음을 전폐한 채

외래종 독수리의 비상을 지켜보고 있다

― 「쟁기 독수리」 전문

　오래된 천수답에 느린 몸놀림으로 땅을 뒤집고 있는 "뼈만 앙
상하게 남은 독수리"가 한 마리 있다. 혹서酷暑의 한복판에서 커
다란 부리로 먹잇감을 찾고 있는 그 "다부진 맹조"는, 비록 여
유 있고 충직한 모습이지만, 이제는 "검붉은 눈물"과 "떨어지는
땀"에 "평생 혼자서는 설 수 없는 맹금류"가 되어버렸다. 그러나
아직도 비상의 순간을 열망하는 그는, 조련사가 깃털 없는 날개
를 잡아줄 때만 순간적으로 봄을 개간할 수 있을 뿐이다. "끊임
없는 날갯짓"을 멈추고 "힘차게 들판을 내달리고 싶은 날개"를
접은 채 이제 천연기념물이 되어 위대한 가업을 이어가지 못하
는 새가 된 것이다. 지금은 그저 "외래종 독수리의 비상"을 하염
없이 지켜볼 뿐인 이 '맹조猛鳥/ 맹금猛禽'의 지난날을 대조적으
로 환기하면서, 시인은 사라져가는 뭇 존재자들의 불가피한 한
계를 깊은 실감과 사실성으로 전해준다. "무심한 얼굴에 세상의
수평을 담고" 살아온 이들에게 "물 속에서 천년을 갈고 닦는 수
행"(「물의 날」)을 마치면 비상을 멈추고 조용히 삶의 쓸쓸한 노
경老境을 관조하는 때가 있음을 선연하고 서늘하게 알게끔 해주
는 것이다. 사물과 주체의 조응 과정을 통해 삶의 비극성과 그럼
에도 이어져갈 존재의 연속성을 동시에 보여준 것이다.

　　몽고의 넓은 초원 칸의 나라
　　동남풍에 실려오는 세마치장단
　　그때

불현듯 그리워지는 쇠똥구리에 관한 이야기

풀 먹은 소의 배설물은
꾸덕꾸덕 도톰한 빵처럼 보인다

그러나 사료 먹는 소는 물똥만 싸다가 죽는다

거부할 수 없는 먹거리에
내장이 줄줄하는 거다

사료 먹고 쏟아놓은 물똥은
경단을 빚을 수 없고
아기를 낳아 기를 수 없으니
이 땅의 쇠똥구리들은
살던 땅을 등지고 바람 따라 떠난 것

다니던 회사는 부도가 나고
자식을 길러야 하는 아비는 머나먼 타국에서
세탁물 가득 들고 물구나무서듯
또 하루를 건너간다

어디선가 흘러나오는 굿거리장단 한 줄기
멈춰진 걸음
한참을 떠오르다 가라앉는다

초원에 봄이 오고

소는 풀을 먹고 쇠똥구리는 쇠똥을 굴린다

— 「떠나간 쇠똥구리」 전문

칸khan이 통치하는 나라 "몽고의 넓은 초원"은 시인으로 하여
금 "동남풍에 실려오는 세마치장단"에 따라 "쇠똥구리에 관한
이야기"를 불현듯 그리워하게끔 한다. 가령 그 이야기는 도톰한
빵처럼 보이는 '쇠똥'을 누는 소와 늘 사료만 상체적으로 먹으면
서 '물똥'을 누는 소의 확연한 대비로 나타난다. 사료만 먹고 쏟
아놓은 것으로는 경단도 빚을 수 없고 아기를 기를 수도 없으니
쇠똥구리들이 모두 바람을 따라 살던 땅을 떠났다는 이야기가
그 대종을 이룬다. 그것은 마치 회사가 부도가 나자 머나먼 타국
에서 물구나무서듯 하루를 건너가는 아비의 마음과 다르지 않을
것이다. 다시 봄이 오고 소는 풀을 먹고 쇠똥구리는 쇠똥을 굴리
는 초원은 '떠나간 쇠똥구리'를 비추는 선명한 역상逆像이 되어
주는 것이다.

우리는 인류가 그동안 공들여 쌓아온 중심적 가치들은 물론,
암묵적으로 합의해왔던 인접가치마저도 폭력적으로 폐기시켜
버리는 시대에 살고 있다. 이 모두가 영혼 없는 사회 또는 모든
교환가치가 본질을 대체하는 사회로 우리가 진입하고 있음을 알
려주고 있다. 이때 서정시는 문명 비판이나 자연 및 영성에 대한
강조로 흔히 나아가곤 하는데, 이러한 것이 서정시가 가지고 있
는 또 하나의 본래적 기능 곧 지각의 갱신을 통한 새로운 가치 지

향이라는 몫이기 때문일 것이다. 김진열의 시에는 어떤 정점의 시절을 지나 소멸 직전에서 피워 올리는 정신적 고처高處에 대한 지향이 멈추지 않는다. 그것은 '쟁기 독수리'나 '떠나간 쇠똥구리'처럼 시원始原의 질서와 꿈이 쇠잔해버리고 앙상하게 잔해만 남은 폐허의 분위기를 어둑하게 전한다. 하지만 시인은 지각의 창의적 갱신을 통해 이러한 사물의 비극성을 넘어 새로운 의미와 본질을 재발견해간다. 본질적 가치에 대한 자각을 시세계의 깊은 중심으로 삼고 있는 것이다. 그 점에서 시인의 견고한 지성과 따뜻한 서정의 결은 다시 한번 빛을 발한다.

5.

우리는 김진열의 시세계를 일러, 사물이 품고 있는 관계성과 시간성을 발견하고 그 안에서 궁극적 가치를 노래하는 세계로 요약할 수 있을 것이다. 그것은 더러는 격정 속에 깃들인 발견의 열정으로, 더러는 오랜 세월을 쌓아온 성찰의 무게로 나타나고 있다. 그렇다면 이러한 목소리가 우리의 삶에 비상한 활력을 부여하는 것은 어떤 까닭일까? 그것은 다름아닌 독자들의 지성과 서정의 열망이 서정시 안으로 투사되어 시인의 언어와 조우하면서 생기는 어떤 흔적 때문일 것이다. 사실 서정시의 존재 확인 과정은, 그러한 질서 안으로 들어가 언어와 일체를 꿈꾸는 독자 쪽에서 실현되고 완성되는 것이 아닌가. 시인이 꿈꾸는 새로운 질서 안으로 들어가 보자.

바늘과 실이 다녀간 뒤 위아래가 결정된다
보통은 네다섯 식구
가끔 튀는 옷에 모양이 다를 수 있어도
대부분 같은 얼굴로 한 집에 산다
혈연관계인들 이보다 끈끈할까
숨 들이 마시고 내쉬는 일상이다

머리를 내밀어 멱살을 잡히고
머리를 빼내어 풀리는

선두에 있는 맏이는
체육시간에 지정하는 기준이다
오른 손을 높이 들고 외치면
둘째 셋째는 수월하게
손을 더듬고 들어갈 곳을 찾는다

하나가 자리를 비운 후에
남아 있는 실오라기를 아무리 만지작거려도
빈 자리는 어색하다
까다로운 자리의 민망함은
눈을 굴리며 대신할 무엇을 찾고 또 찾다가
떠나간 셋째를 애타게 그리워한다

혹여 떨어지기 전

한 올의 실에 매달린 헤어짐을 예고했다면
안타까움은 클 수밖에 없다

형제간에도 도리는 중요하다
엉뚱한 곳에 머리를 디밀어서는 안 된다
실수는 되돌려야 하는 외길

전철 안의 아가씨
첫 단추가 둘째 구멍에 채워져 있다
옷이 피사의 사탑처럼 기울어져 있다
도리를 모르는 손이 연출한 작품이다

그래도 다시 제자리를 찾는 가족학
단추는 길을 잃지 않는다
— 「단추의 가족학」 전문

　시인은 '단추'의 외관과 속성을 비유적으로 차용하여 그것을 '가족학'이라는 질서의 범주로 치환해낸다. '단추'는 바늘과 실이 다녀간 뒤에 위아래가 결정되는 것이다. 보통 네다섯 식구쯤은 되고, 대부분 동일한 얼굴을 가지고 있으며, 보통 한 집에 살지 않는가. 그렇게 '단추'로 명명된 가족들은 혈연관계보다 더 끈끈하게 들숨과 날숨의 일상을 함께한다. '맏이'는 모든 것의 '기준'이 되고, 둘째와 셋째는 수월하게 그 기준을 따라 자신이 들어갈 곳을 찾는다. 하나가 자리를 비우면 그 빈 자리가 곧 어색해지는 견고한 연대감이 그들 사이에 있다. 떠나간 셋째를 그리워하는 마음에는 안타까움도 큰데, 그만큼 형제간에도 도리는 중요한 것이기 때문이다. 김진열 시인은 전철 안에 있는 아가씨의 첫 단추가 둘째 구멍에 채워져 있고 그녀의 옷이 한참 기울어져 있는 것을 보고는, 그것이야말로 "도리를 모르는 손이 연출한 작품"이라고 생각하게 된다. 그러니 "다시 제자리를 찾는 가족학"을 통해 단추로 하여금 길을 잃지 않게 하는 것이 시인에게는 매우 중요한 질서 찾기 과정이 아니겠는가. '단추의 가족학'은 그렇게 "온전한 기도가 되는 눈물"(「눈물은 쾌청」)을 통해 "눈에 보일 듯 말 듯 자라는 뿌리"(「물을 호흡하다」)를 찾아가는 도정을 암시한다.

비가 내리는 날
송진향 샴푸를 선택한 숲은
풍성한 향기를 내뿜으며 후두둑후두둑 머리를 감는다

솔바람으로 넓은 어깨와 숱이 많은 부분을
흰 구름의 움직임처럼 천천히 빗어 내린다
군데군데 작고 미세한 부분은
가늘고 섬세한 꽃바람을 사용해서
바닥에 있는 풀들까지 가지런히 빗어준다

마른 가지에 가장 돋보이는 색상
봄의 무도회에 어울리는 연두로 염색하고

햇빛으로 반짝 드라이를 한다
소중한 날
한 올도 빠짐없이 윤기 나게 말린다

숲은 초록을 즐겼다
너그럽게 꽃씨들을 돌보고 새들에게는 보금자리를 내주며
푸른 언어들을 쏟아내는 숲
쉴 새 없이 타고 오르는 수액
화장이 진해지더니 마침내 짙푸르게 연출되었다

페인팅이 화려한 옷을 꺼내 입는다
가방에 천둥을 담고 지갑에는 단풍잎 몇 장 챙긴다

숲은 외출 준비로 바쁘다
— 「외출」 전문

비 오는 날 '송진향 샴푸'로 머리를 감는 '숲'의 향기가 풍요롭게 다가오는 작품이다. 솔바람으로 어깨와 숱 많은 부분을 천천히 빗어 내리고, 작고 미세한 부분은 "가늘고 섬세한 꽃바람"으로 가지런히 빗는다. 가장 돋보이는 연두의 색상으로 염색도 하고, 숲은 봄의 무도회에 어울리게 햇빛으로 드라이도 한다. 그렇게 초록을 즐기는 '숲'은 꽃씨들을 돌보고 새들에게 보금자리를 주며 "푸른 언어들"을 쏟아낸다. "쉴 새 없이 타고 오르는 수액"을 통해 푸르게 연출을 하는 것이다. 이때 숲이 분주하게 준비하는 '외출'이란, 가장 소중한 의상을 입고 표정을 짓고 태도를 가지면서 자신을 외화하는 미적 충동을 포괄하는 것이다. 이제 김진열 시인은 이러한 미적 질서를 상상하면서 자신만의 "눈부신 시"(「은유의 닭찜」)를 향해간다. "절대적인 눈물샘"(「데우스 엑스 마키나」)을 심장에 품은 채 스스로도 외출 준비로 분주한 것이다. 그가 상상하고 실현하려는 서정시의 새로운 질서가 여기에 있다.

두루 알다시피, 우리는 서정시를 통해 현실에서는 불가능한 존재 전환의 과정을 꿈꾼다. 그리고 일상적 현실을 벗어나 전혀 다른 곳으로 이동하려고 한다. 그 시공간에서 이루어지는 상상적 경험은, 사물로 그 범주를 넓혔다가 다시 자신으로 회귀하는 과정을 밟아간다. 서정시의 이러한 확장과 회귀 그리고 궁극적 자기 발견을 소망하는 '시인 김진열'의 목소리는 시종 견고하고 내밀하지만, 그것은 격정의 깊이를 언어 뒤편에 숨기려는 그의 배려 때문일 것이다. 이는 시인이 세계를 인식하는 방식에 내재되어 있는 속성이면서 동시에 독자의 특정한 반응을 유도하는 속성이라는 점에서 이중적 차원의 것이다. 그렇게 김진열 시인의 상상력은, 한편으로는 사물의 긴밀한 관계를 파악해내는 힘이라는 점에서, 한편으로는 독자들로 하여금 삶의 궁극적 형식에 대한 자각을 경험케끔 한다는 점에서, 남다른 흡인력을 가진 세계라 할 것이다.

결국 김진열의 첫 시집은, 시공간적 시원始原의 흔적을 찾아가는 여로에서 씌어진 상상적 탐색의 기록이다. 그 안에 담긴 스케

일과 시선은 시인 자신을 포함한 인간의 존재론적 기원을 찾아가는 고고학적 열정으로 나타난다. 그리고 감각적 실재들이 펼쳐온 시간의 소실점까지 유추하게 하는 미래적 비전vision도 함께 담고 있다. 이번 시집을 읽으면서 우리는 한 권의 시집으로는 담기 어려운 다양하고 심원한 음역을 만나보았다. 그 점에서 이번 시집은 우리에게 새로운 존재 전환의 무대를 다양하게 열어 준 깊고 넓은 상상력의 결실이라 생각된다. 그것은 구심과 원심의 결합을 통해 성취된 균형 감각의 산물이기도 할 것이다. 이제 우리는, 첫 시집을 이렇게 완미하게 상재하게 된 김진열 시인이, 서정의 물줄기를 더욱 다양하고 심원하게 펼쳐가기를 소망해본다. 견고한 지성과 따뜻한 서정의 결을 담은 세계로 더욱 개진해 가기를 마음 깊이 희원해보는 것이다.

김진열의 세 편의 시에 대하여

반경환 철학예술가 · 『애지』 주간

발레하는 여자 빨래하는 남자

김진열

여자의 아버지가 사준 아파트는 평범한 회사원인 남자의 능력
밖으로 넓다 몸 풀기 동작에 고양이자세까지 끝냈다 여자가 쁠
리레를 할 때 세탁기는 삐삐삐 세탁이 끝났음을 알린다 집을 떠
났을 때가 가장 명랑하다는 남자*가 세탁물을 바구니로 옮긴다
거실에서의 동작은 바뀌어 드미 쁠리레로 이어진다 팔을 집어넣
고 빨래를 꺼내던 남자, 윽 소리를 내며 놀란다 여자의 하얀 팬
티가 진한 회색으로 변했다

흰 빨래는 희게 해야 한다던 말에, 받았던 상처가 아직 딱지도
떨어지지 않았는데… 얼핏 돌아보니 발끝을 바닥에서 끌어 한 쪽
다리의 무릎을 펴고 밀어내고 있다 바뜨망 탄듀라고 했던가 불
현듯 흰 빨래와 검은 빨래의 구분이 잘못되었을 때 여자가 남자
의 가슴팍을 밀어내던 동작을 연상시킨다 큰 숨을 내쉬며 여자의
가위질에 잘려나갈지도 모르는 색깔이 바뀐 팬티를 쓰다듬는다

인테리어 업자를 불러서 설치한 거실의 바 위에 다리를 올린
다 입 꼬리를 올려가며 여자의 눈이 노려보는 발끝에 회색 팬티
가 걸리는 상상, 남자의 심장이 빨리 뛴다 세탁실에서 빨래를 꺼
내던 남자가 지켜보고 있음을 눈치 챈 여자의 침묵은 연기다 입
꼬리 더욱 올라가고, 고통은 지그시 누리는 환희로, 뜨겁게 쏟

아지는 머릿속 박수를 들으며 백조의 잔걸음이 이어진다 남자는
고개를 돌려 남은 빨래를 꺼낸다 빨래 바구니는 팔을 굵게 만드
는 주범이라는 주장을 받아들였다

남자는 소리 없이 소파에 앉는다 호두까기 인형 음악이 흐르
고 눈을 감는다 좀 전에 여자의 티셔츠를 툭툭 털어서 널었던 것
은, 화려한 무대 위에서 몸으로 표현한 환상적인 안무였다 일주
일 동안 입었던 자신의 팬티 6장을 연거푸 널었던 것은 여자와
보조를 맞춘 발레리노의 턴을 위한 기초였다 그 동작 속에 떠오
르는 알라스꽁을 거실에서 꿰면, 몽환적인 스토리는 완성되는
가 여자는 빠세 를르베를 연습한 뒤 도도하게 서서 땀을 닦는다

남자의 시선이 가슴속으로 들어와 행복이 빵처럼 부푼다
* 셰익스피어의 말.

김진열 시인의 「발레하는 여자 빨래하는 남자」의 시적 화자는
이야기를 이끌어 나가는 진행자이자 관찰자이며, 그 여자와 남
자의 관계를 판단하는 심판관이고, 발레하는 여자는 여자 주인
공으로, 빨래하는 남자는 남자 주인공으로 등장하여 사회적 신
분이 전도된 극적인 이야기를 전개시켜 나간다. 시적 화자는 박
학다식하며, 여자와 남자의 신분의 차이와 그 대립과 갈등의 심
리를 꿰뚫어보는 전지적 관점을 유지하며, 「발레하는 여자 빨래
하는 남자」를 극적인 이야기로 이끌어 나간다.
여자의 아버지가 사준 아파트는 평범한 회사원인 남자의 능

력 밖으로 넓고, 이 사회적 신분의 차이에 의해서 '남녀의 관계'가 '녀남의 관계'로 전도된다. "몸 풀기 동작에 고양이자세까지 끝냈다 여자가 쁠리레를 할 때 세탁기는 삐삐삐 세탁이 끝났음을 알린다 집을 떠났을 때가 가장 명랑하다는 남자가 세탁물을 바구니로 옮긴다." 여자의 동작은 바뀌어 드미 쁠리레로 이어지고, 팔을 집어넣고 빨래를 꺼내던 남자가 단말마의 비명처럼 '윽 소리'를 내며 놀란다. 왜냐하면 여자의 하얀 팬티가 진한 회색으로 변했기 때문이며, 이 과오에는 심리적인 트라우마가 진하게 배어 있기 때문이다. 흰 빨래는 희게 해야 한다는 말은 여자의 체벌이 되고, 그 결과, 그가 입었던 상처에는 아직도 딱지가 떨어지지 않았다. 얼핏 돌아보니, 여자는 '바뜨망 탄듀', 즉, "발 끝을 바닥에서 끌어 한 쪽 다리의 무릎을 펴고 밀어내고" 있었지만, 그 동작마저도 흰 빨래와 검은 빨래의 구분이 잘못되었을 때 여자가 남자의 가슴팍을 밀어내던 동작을 연상시키게 되었다. 이 역전된 신분의 질서 속에서, "여자의 가위질에 잘려나갈지도 모르는 색깔이 바뀐 팬티를 쓰다"듬으며, 거세공포증에 시달리게 된다. 돈이 상전이고, 돈이 구세주이며, 여자는 돈의 화신이다. 여자는 예술을 하고, 폭력을 행사하지만, 남자는 노동을 하고, 언제, 어느 때나 여자의 눈치를 보며 폭행을 당한다.

인테리어 업자를 불러서 설치한 거실의 바 위에 여자가 다리를 올릴 때, 여자의 발 끝에 회색 팬티가 걸리는 상상만 해도 남자의 심장은 매우 빨리 뛴다. 입 꼬리가 올라간 여자의 눈은 살모사의 눈빛과도 같으며, 신체적 폭력과 심리적인 외상과 거세공포의 총체와도 같으며, 남자의 삶의 의지가 크나큰 장애를 만난 것과도 같다. 여자는 언제, 어느 때나 진실한 사람이고 옳은 일만을 하지만, 남자는 언제, 어느 때나 거짓말을 하고, 입에 발린 변명과 실수만을 연발한다. 남자의 실수를 눈치 챈 여자의 침묵은 연기이고, 그 결과, 입 꼬리는 더욱더 올라가면서도 수많은 대중들의 찬사와 박수를 받으며, 백조의 여왕과도 같은 자세를 취한다. 남자는 고개를 돌려 빨래를 꺼내고, 빨래 바구니는 팔을 굵게 만드는 주범이라고 생각한다.

남자는 소리 없이 소파에 주저앉는다. 아니, 남자는 소리없이 소파에 주저앉아 흐느낀다. 호두까기 인형 음악이 흐르고, "좀 전에 여자의 티셔츠를 툭툭 털어서 널었던 것은, 화려한 무대 위에서 몸으로 표현한 환상적인 안무"였고, "일주일 동안 입었던 자신의 팬티 6장을 연거푸 널었던 것은 여자와 보조를 맞춘 발레리노의 턴을 위한 기초였다." "그 동작 속에 떠오르는 알라스 꽁을 거실에서 꿰면, 몽환적인 스토리는 완성되는가, 여자는 빠세 를르베를 연습한 뒤 도도하게 서서 땀을 닦는다." "남자의 시선이 가슴속으로 들어와 행복이 빵처럼 부푼다."

여자는 예술(발레)을 위해 살고 예술을 위해 죽으며, 순수예술을 위해서는 남자(남편)를 개같이 학대하는 것은 물론, 이혼까지도 불사할 태세다. 여자를 여자로서 존재하게 하는 것은 돈이며, 돈이 있기 때문에, 수많은 대중들의 찬사와 박수를 받는 백조의 여왕을 꿈꿀 수가 있는 것이다. 이에 반하여, 남자는 돈이 없기 때문에, 그날 그날이 그날 그날인 평범한 회사원에 지나지 않으며, 아내의 권력이 미치지 못하는 집 바깥에서 자그만 명랑함을 향유할 수가 있다. 누가 최고의 권력자가 되고, 누가 순수예술을 하고, 누가 자유와 평등과 사랑을 말하는가? 언제, 어느 때나 최종심급은 돈이며, 돈을 가진 자가 순수예술을 하고, 자유와 평등과 사랑을 말하고, 그의 하나님과도 같은 은총에 의해서 가장 안락하고 행복한 삶이 보장된다.

발레하는 여자는 부의 세습에 의해서 순수예술을 하고, 만인들의 연인이자 우상을 꿈꾸지만, 빨래하는 남자는 기껏해야 빵 몇 조각의 최하 천민의 생활을 위해서 자기 자신의 몸과 영혼까지도 팔아버린다. 빨래하는 남자는 씨받이이며, 성적 욕망의 도구이고, 집안 살림을 도맡아 하는 하인에 불과하다. 김진열 시인의 「발레하는 여자 빨래하는 남자」는 돈에 의해서 남녀의 관계가 역전되고, 돈 많은 여자는 순수예술을, 돈 없는 남자는 자기 자신의 몸과 영혼을 팔아버리고 끊임없는 착취와 학대와 육체노동에 시달리게 된다는 사실을 그 무엇보다도 극적으로 보여준다.

예술은 사치의 아이들(패륜아들)이고, 모든 사회적 천민들은 이 사치의 아이들의 행패에 시달린다. 인생이 예술이라고 할 때, 바로 이 지점에서 정치, 경제, 문화, 예술의 타락이 생겨난다. 순수예술은 머리에서 발끝까지 폭력에 기초해 있고, 이 폭력을 행사할 때만이 '잔인성의 아름다움'이 활짝 피어난다. 모든 식물들, 모든 곤충들, 모든 동물들까지도 폭력적인 서열제도를 이루며, 대부분의 사람들은 순수예술을 위해 복무하고, 순수예술의 아름다움을 위해 희생당하지 않으면 안 된다.

모든 예술은 '잔인성의 아름다움이다'라고, 김진열 시인은 역설하고 있는 것인지도 모른다.

관

김진열

프랑크푸르트공항에서 출발하여 11시간 비행, 인천공항이다
빨랫감과 아내에게 줄 향수 한 병, 자료들로 채워진 무거운 가방

많은 생각들을 가지고 날아갔었다 밖은 침침하고 삭막하고 두
꺼웠다 이번이 열네 번째, 발을 붙일 수 없는 캄캄한 곳에서 희
망은 계속되었다 크지 않은 성과지만 관에서 인정하기에 충분했
다 시간은 남아 있어 옷매무새 가다듬고 주먹을 쥔다 여기는 입
구, 꿈은 밖에서 계속 된다

현관문을 들어서니 아내가 서 있다 천정이 낮고 벽이 코앞이
다 고소한 참기름 냄새 가득한 관이다 깊고 익숙한 분위기가 아
늑하다 어린 시절 방학 때 놀러가서 큰절하면 종이 돈 작게 접어
공책 사라며 쥐어 주시던 큰 아버지께서 관으로 들어가셨다는 아
내의 브리핑, 현관은 관으로 들어가는 입구다

출장 가방을 꾸려주는 아내의 뒷모습이 익숙하다 나눌 수 없
어 혼자 느끼고 들어가는 통로는 체온을 벗어난 허공으로 나를
내몬다 여기는 원통형 관이 될 것이고 비행기는 걱정 없이 구름
위로 치달을 것이다

12시간을 날아서 도착할 그 곳은 관의 시작, 관의 입구는 또 어떤 한계를 보여줄까

김진열 시인의 「관」의 시적 화자는 공공기관에 근무하는 사람이며, 그는 열네 번째 해외출장에서 귀국길에 오른 사람이다. 프랑크푸르트공항에서 출발하여 11시간 비행을 마치면 인천공항이고, 그의 가방에는 빨랫감과 아내에게 줄 향수 한 병, 그리고 수많은 자료들이 들어 있다.

밖은 칠칠하고 삭막하고 두꺼웠다. 그는 수많은 생각들, 즉, 너무나도 완벽하고 치밀하게 준비를 하고 해외출장을 왔던 것이고, 그 결과, 관에서도 인정할 수 있을만큼의 성과도 얻었다. 시간은 아직 남아 있어, 그는 옷매무새를 가다듬고 몽상에 잠긴다.

현관문에 들어서니 아내가 서 있고, 천정이 낮고 벽이 코앞이었다. 집은 고소한 참기름 냄새가 가득한 관이었고, 아내는 어린 시절 큰절하면 학용품값을 곧잘 주시던 큰아버님이 돌아가셨다는 소식을 전해준다. 집도 관이고, 직장도 관이고, 비행기도 관이다. 삶도 관이고, 꿈도 관이고, 죽음도 관이다.

출장가방을 꾸려주던 아내의 뒷모습이 선하고, "나눌 수 없어 혼자 느끼고 들어가는 통로는 체온을 벗어난 허공으로" 그를 내몬다. 비행기도 원통형 관이고, 11시간 비행 끝에 차를 타고 도착한 집 역시도 또다른 관의 시작에 불과할 것이다.

김진열 시인의 「관」은 그의 인생관이며, '관觀의 철학'이라고 할 수가 있다. "크지 않은 성과이지만 관에서 인정하기에 충분했다"의 관은 벼슬관官이 되고, 고소한 참기름 냄새 가득한 관

은 널관棺이 된다. 현관은 문을 뜻하는 관關이 되고, 여기는 원통형 관은 널관棺이 되고, 큰아버지가 들어가신 관도 널관棺이 된다. 관에 대한 더없이 진지하고 근본적인 성찰은 인생관(볼관觀)이 되고, 이 인생관이 최고급의 사유인 '관觀의 철학'으로 상승하게 된다.

우리는 어디에서 와서 어디로 가는가? 그것은 두 말할 것도 없이 관에서 태어나 관에서 살며, 관으로 되돌아 가는 것이다. 관에는 수많은 오솔길과 샛강이 있고, 이 관이라는 우주에는 수많은 삶의 양상과 놀이가 있다. 중차대한 임무를 띠고 프랑크푸르트까지 날아갔던 관, 크지 않은 성과이지만 충분히 그의 신분을 유지시켜줄 수 있는 관, 깊고 익숙하며 참기름처럼 고소한 관, 어린 시절 방학 때마다 학용품값을 주시던 큰아버지가 들어가신 관, 원통형 관을 타고 돌아와 또다른 삶의 출발점과 종착점을 향해 가게 하는 관―, 아아, 우리들의 인생에는 얼마나 다종다양한 관이 존재한단 말인가! 관은 집이고, 텃밭이고, 놀이터이다. 관은 사무실이고, 무덤이고, 대자연의 우주이다.

김진열 시인의 '관觀의 철학'은 깊이 있는 성찰이며, 위대함의 산물이라고 할 수가 있다.

남극일기

김진열

2개월 후 둘째가 태어난다 얼음과 눈이 덮인 빙하, 영하 30도의 회사는 문을 닫았다 손 부장도 박 차장도 극지 탐험을 떠났다 손을 벌릴 유일한 혈육 극락조자리 누나, 지구인이 공유하기로 한 약속을 깨고, 남편의 사업실패로 제7대륙의 공룡 화석을 찾아 이민을 떠났다

판구조론을 벗어나, 8번째 이력서를 낸 곳에서도 썰매의 끈이 끊어졌다 영하 40도에서 돌아오는 길, 술 취한 남자가 놀이 빙산 크레바스에 빠질 때 탐험대원 지갑 속에 눈보라가 몰아친다

욕이 얼어붙어 고드름이 된다 쇄빙선이 멀미를 하고, 폭풍 속에서 회오리치는 친구들의 얼굴이 하늘에서 환청으로 얼어붙는다 기지 도착 전 시계視界의 끝까지 흰색과 청색을 이룬 횡단보도, 잔물결이 만드는 작은 파도소리, 멀리 헤드라이트 불빛, 빙하의 붕괴, 뛰어들고픈 충동

현관에 본부를 차린 아내가 쏘아 붙이기 시작한다 지금 그렇게 헤매고 다닐 때야? 영하 50도까지 떨어진다 새끼 펭귄이 슬그머니 물속으로 숨는다 바다로 나가는 길이 막혀 탈출구가 없다 인형을 끌어안고 쓰러진다 백야다

인간의 역사에 있어서 가장 위대한 발명은 언어이며, 언어가 있었기 때문에 우리 인간들은 만물의 영장이 되었다고 할 수가 있다. 언어는 사물을 인식하고 명명하고, 언어는 어떤 사건과 현상을 발견하고 그것의 원인과 결과를 기록한다. 할아버지의 사유가 아버지에게로 이어지고, 아버지의 사유가 아들에게로 이어지며 역사는 그 힘찬 발걸음을 멈추지 않는다. 태초에 언어가 있었고, 언어로 만물을 창조하고, 언어로서 그 모든 만물이 꽃을 피우고 열매를 맺는다. 모든 사물과 사건, 모든 현상과 진리, 모든 감정과 사상, 모든 재산과 의지까지도 언어이며, 요컨대 언어가 최종 심급이라고 할 수가 있는 것이다. 인간은 언어 속의 존재이며, 그가 어떤 언어를 사용할 수 있느냐에 따라서 그의 사회적 신분과 그 위치가 결정된다고 할 수가 있는 것이다.

김진열 시인의 「남극일기」는 말(언어)과 말들의 경연장이며, 이 명문장들이 「남극일기」의 고산영봉들과 거대한 산맥을 이루고 있다고 할 수가 있다. 얼음과 눈 덮인 빙하가 나타나면 영하 30도의 회사와 극지 탐험이 나타나고, 유일한 혈육인 극락조자리의 누나가 나타나면 제7대륙의 공룡 화석이 나타난다. 판구조론을 벗어나, 8번째 이력서가 나타나면 썰매의 끈과 영하 40도가 나타난다. 술 취한 남자와 놀이 빙산 크레바스가 나타나면 탐험대원의 지갑과 눈보라가 나타난다. 욕이 얼어붙어 고드름이 되면 쇄빙선이 멀미를 하고, 폭풍 속에 친구들의 얼굴이 환청으로 얼어붙으면 기지 도착 전 시계視界의 끝까지 흰색과 청색으로 이루어진 횡단보도가 나타난다. 이밖에도 잔물결이 만드는 작은 파도소리, 헤드라이트 불빛, 빙하의 붕괴, 뛰어들고픈 충동

등이 나타나면 현관에 본부를 차린 아내, 영하 50도, 새끼 펭귄, 인형, 백야 등이 나타난다. 시는 말들의 경연장이며, 이 말들의 축제가 삶의 축제를 이룬다. 말들의 축제, 삶의 축제는 삶의 결이고, 아름다운 고산영봉으로 이루어진 거대한 산맥과도 같다. "2개월 후 둘째가 태어난다 얼음과 눈이 덮인 빙하, 영하 30도의 회사는 문을 닫았다", "손 부장도 박 차장도 극지 탐험을 떠났다"라는 시구가 그것이 아니라면 무엇이고, "판구조론을 벗어나, 8번째 이력서를 낸 곳에서도 썰매의 끈이 끊어졌다", "영하 40도에서 돌아오는 길, 술 취한 남자가 놓이 빙산 크레바스에 빠질 때 탐험대원 지갑 속에 눈보라가 몰아친다"라는 시구가 그것이 아니라면 무엇이란 말인가? 또한, "욕이 얼어붙어 고드름이 된다 쇄빙선이 멀미를 하고, 폭풍 속에서 회오리치는 친구들의 얼굴이 하늘에서 환청으로 얼어붙는다", "기지 도착 전 시계視界의 끝까지 흰색과 청색을 이룬 횡단보도, 잔물결이 만드는 작은 파도소리, 멀리 헤드라이트 불빛, 빙하의 붕괴, 뛰어들고 픈 충동"이 그것이 아니라면 무엇이고, "현관에 본부를 차린 아내가 쏘아 붙이기 시작한다 지금 그렇게 헤매고 다닐 때야? 영하 50도까지 떨어진다 새끼 펭귄이 슬그머니 물속으로 숨는다 바다로 나가는 길이 막혀 탈출구가 없다 인형을 끌어안고 쓰러진다 백야다"라는 시구가 그것이 아니라면 무엇이란 말인가?

실직이란 무엇이고, 구직이란 무엇인가? 실직이란 생존경쟁에서의 이탈을 뜻하고, 구직이란 생존의 안전성을 확보하기 위해 일자리를 구하는 것을 뜻한다. 실직은 생존경쟁에서의 이탈이며, 이탈은 위기이고, 이 위기의식이 극한지역인 남극대륙을 융기시킨다. 이처럼 남극대륙을 융기시킨 김진열 시인의 말들이 그 진정성을 얻으면 "2개월 후 둘째가 태어난다 얼음과 눈 덮인 빙하, 영하 30도의 회사는 문을 닫았다"라는 명문장들이 나타나고, 이 명문장들의 연쇄반응에 의하여 "손 부장도 박 차장도 극지 탐험을 떠났다 손을 벌릴 유일한 혈육 극락조자리 누나, 지구인이 공유하기로 한 약속을 깨고, 남편의 사업실패로 제7대륙의 공룡 화석을 찾아 이민을 떠났다"라는 명문장들이 나타난다. 이른바 메아리 효과이자 반향효과이며, 김진열 시인의 절차탁마의 정신이 최고급의 인식의 제전으로 나타난 것이다. "판구조론을 벗어나, 8번째 이력서를 낸 곳에서도 썰매의 끈이 끊어졌다"는 구직의 어려움이 "영하 40도에서 돌아오는 길, 술 취한 남자가 놀이 빙산 크레바스에 빠질 때 탐험대원 지갑 속에 눈보라가 몰아친다"라는 절망의 눈보라를 몰고 오게 된다. 욕이 얼어붙어 고드름이 되고 쇄빙선마저도 멀미를 하는 절망감, 수많은 실직자들과 구직자들의 얼굴이 하늘에서 환청으로 얼어붙는 절망감, 기지 도착 전 시계視界의 끝까지 눈의 흰색과 하늘의 푸른색 뿐인 남극대륙─. 아아, 이 구직전선, 이 생존의 무게가 얼마나 힘에 겨웠으면 욕이 얼어붙은 고드름이 되고, 쇄빙선이 멀미를 했던 것이고, 또한, 현관에 본부를 차린 아내의 독설이 얼마나 무서웠으면 영하 40도가 영하 50도로 떨어지고, 아내와 아이를 끌어안고 잠을 청해도 잠을 이룰 수가 없는 백야가 되었단 말인가? 해가 지지 않는 백야, 밤이 오지 않고 잠을 잘 수 없는 백야가 김진열 시인의 「남극일기」를 이 세상에서 가장 아름다운 명시로 이끌어 올려준다.

강 건너 불구경도 아름답고, 밤이 없는 남극의 백야 현상도 아름답다. 모든 말과 말들의 향연은 극한지역에서의 향연이고, 극한지역에서의 향연이기 때문에 더욱더 아름다운 명문장들, 즉, 최고급의 인식의 제전으로 타오른다. 얇은 언어를 선택하고, 언어는 그 인식의 힘으로 어떤 사물과 사건을 정확하게 꿰뚫는다. 천의무봉天衣無縫, 즉, 군더더기가 하나도 없고, 천길 벼랑 끝의 소나무와 독수리처럼 어느 누구도 감히 해낼 수 없는 기적을 연출해낸다. 시의 토대는 생존의 벼랑끝이고, 시인은 생존의 벼랑 끝에서 삶의 묘기를 펼쳐보이는 모험가와도 같다.

김진열 시인의 「남극일기」는 실직과 구직 사이에서 삶의 갈피를 잡지 못하고 있는 한 젊은 가장의 절규이며, 이 절규가 남극의 백야 현상으로 나타나고 있는 시라고 할 수가 있다. 실직과 구직 사이의 무대를 남극으로 상정하고, 그 가상의 극한지역에서의 생존투쟁을 너무나도 아름답고 극적인 명문장들을 통해서 만인들의 마음을 사로잡고 있다고 하지 않을 수가 없다.

시는 언어의 예술이며, 시인의 앎의 깊이와 정비례한다. 많이 아는 자가 가장 정교하고 세련된 언어를 사용하고, 많이 아는 자가 가장 아름답고 뛰어난 시를 쓰게 된다. 말과 삶은 하나이고, 말의 축제는 삶의 축제이며, 시는 최고급의 인식의 제전의 꽃이라고 할 수가 있다.

김진열 시집

발레하는 여자 빨래하는 남자

발   행 2019년 11월 5일
지 은 이 김진열
펴 낸 이 반송림
편집디자인 김지호
펴 낸 곳 도서출판 지혜 • 계간시전문지 애지
기획위원 반경환 이형권 황정산
주   소 34624 대전광역시 동구 태전로 57, 2층 도서출판 지혜 (삼성동)
전   화 042-625-1140
팩   스 042-627-1140
전자우편 ejisarang@hanmail.net
애지카페 cafe.daum.net/ejiliterature

ISBN : 979-11-5728-373-6 03810
값 10,000원

김진열

김진열 시인은 부산에서 태어났고, 대학에서 문예창작을 전공했으며, 2019년 『애지』로 등단했다. '동서문학상(시, 수필 부문)', '경북일보 문학대전', '산림문학상 수상', 'KT&G 문학상 대상', '전국 여성문학 공모전 대상'을 수상했다.

김진열 시인의 첫 번째 시집인 『발레하는 여자 빨래하는 남자』의 시세계는 가난한 인간들의 삶의 애환을 노래한 시들이며, 신인으로서는 보기 드물게 산문시의 진수를 선보이고 있다고 할 수가 있다. 가난의 대물림, 출신성분의 대물림, 비단실을 짜야만 하는 육체노동의 대물림을 노래하고 있는 「누에는 수의를 입지 않는다」, 실직과 구직 사이에서 삶의 갈피를 잡지 못하고 있는 한 젊은 가장의 절규를 노래하고 있는 「남극일기」, 집도 관, 공공기관의 직장도 관, 비행기도 관, 죽음도 관이라는 「관」, 신분의 차이, 즉 남편과 아내의 역전된 관계를 노래하고 있는 「발레하는 여자 빨래하는 남자」, 자칫 도둑의 엉덩이를 받쳐줄 뻔했던 밤을 노래하고 있는 「달에는 문이 있다」가 그것을 증명해준다. 김진열 시인의 인식의 깊이는 빈부의 문제와 신분의 차이와 삶의 현장에서의 피비린내 나는 혈투를 주목하고, 그의 시적 재능을 말들의 경연장으로 연출해낸다. 손에 땀을 쥐게 하는 박진감과 함께, 반전에 반전을 거듭하는 극적인 구조는 메아리 효과를 낳게 되고, 이 메아리 효과는 최고급의 인식의 제전으로 그 꽃을 피우게 된다.

이메일 : soobakdoli@naver.com